나의 라임 오렌지나무 3

광란자

ⓒCopyright (1963) EDITORA MELHORAMENTOS LTDA, Brazil
Original Title in Portuguese: "Doidão"
All rights reserved.
Korean translation copyright ⓒ2003 by Dongnyok Publishers
The Korean translation rights arranged with
Editora Melhoramentos LTDA, São Paulo
through Bestun Korea Agency, Seoul.

본 저작물의 한국어판 저작권은 베스툰 코리아 에이전시를 통한
EDITORA MELHORAMENTOS LTDA사와의 독점계약으로 도서출판 동녘이 소유합니다.
저작권법에 의하여 한국 안에서 보호를 받는 저작물이므로 무단전재와 무단복제를 금합니다.

나의 라임 오렌지나무 3

광란자

Doidão

J.M. 바스콘셀로스 지음 — 이광윤 옮김

동녘

한 방울의 애정만으로 당신의 청춘은 구원받을 수 있으리라

- **저자**

광란자

1. 학교 · · · · · · · · 9
2. 몇 년 후 · · · · · · · · 29
3. 사랑에 눈뜰 때 · · · · · · · · 56
4. 첫사랑의 혼란 · · · · · · · · 85
5. 약속 · · · · · · · · 109
6. 방랑자 · · · · · · · · 134

- 옮기고 나서 · 164

광란자

1. 학교

방에서 다급하게 재촉하는 어머니의 고함이 들렸다.

"제제, 화장실에서 평생 살 거니? 학교엔 안 갈 거야? 학교에 갈 준비는 다 끝낸 거니? 벌써 8시가 다 됐어! 빨리빨리 하고, 제발 학교에 좀 가거라, 학교에! 학교! 학교! 학교!"

에이, 지긋지긋한 학교!

아, 하느님! 이렇게도 아름다운 날 아침을 지겨운 학교라는 말로 가득 채워야 합니까? 학교라는 곳이 얼마나 지겨운 곳인지 도대체 알고나 계십니까? 학생들이 그 딱

딱한 나무의자에 엉덩이를 걸치고 앉아, 하루 종일 수학과 교리, 지리 과목 따위를 들으면서 일생을 몽땅 허비해야 하는 것이 얼마나 괴로운 일인지 알고나 계신지요? 아니, 지리 시간만큼은 그렇지 않아요. 그 시간은 그래도 좀 나은 편이죠. 이 세상에 있는 나라와 강과 산, 그 모든 것의 이름을 안다는 것은 정말 신나고 재미있는 일이니까요. 학교에서 부쳐 온 성적표를 받아 보면, 거기에는 선생님의 의견이 항상 다음과 같이 쓰여 있답니다. '지리 과목은 미지의 세계로 방랑을 유혹하는 상상의 날개'라고요.

아, 꿈에서조차 가기 싫은 학교!

그런데 언제쯤 이 고통의 시절이 끝날 것인가? 이제 나는 곧 열네 살이 될 것이고, 그러면 겉모습이나 목소리도 더욱 어른스러워질 것이다. 좀 더 어른스러워진다는 사실이 나로 하여금 거울 앞에서 오랫동안 얼굴을 들여다보고 치장을 하게 했다. 여드름 같은 것엔 신경을 쓸 필요가 없었다. 시간이 지나면 그런 것은 자연히 없어질 테니까. 정말 보기 싫은 것은 구역질이 날 정도로 납작한 자주색 코였다. 뽀뗑지 강에서 남몰래 수영연습을 한 까닭에 더욱 작아진 눈과 곱슬해져 버린 머리카락, 전보다 딱딱해진 목도 보기 역겨웠다. 그래도 그런 것들은 그나마 봐줄 수 있다. 하지만 그놈의 코는……. 도대체 왜 사람에게는 코가 있어야 하는 걸까? 삼촌의 코는 앵무새처럼 품위가 있는데. 그것도 코는 코였지만…….

언젠가 『작은 아씨들』이라는 소설에서 한 소녀가 가늘고 예쁜 코를 만들기 위해 빨래집게로 코를 집어 놓았다는 글을 본 적이 있었는데, 얼마나 끔찍했던지. 그래서 나도 그렇게 똑같이 해 보았지만 감자같이 생긴 내 납작한 코가 큰 피망처럼 변해 버린 웃지 못할 결과만 낳았다. 나는 너무나도 창피해서 저녁 식사를 하는 동안 식구들의 얼굴을 쳐다보지도 못했다.

아, 학교엔 가야겠지…….

나는 느릿느릿 교복을 입고 책을 챙겼다.

학교로 가는 전차에 200헤이스나● 되는 돈을 쓰는 것이 아까워서 오르막길을 걸어 올라갔다. 그 돈으로 쉬는 시간에 코코넛 아이스크림을 사 먹으리라. 나는 중께이라 아리레스 가의 언덕길을 날듯이 올라갔다. 잠시 후 빨라씨우 광장에 도착할 때쯤이면 오늘도 여느 때처럼 따르씨지우 메데이루스를 만날 것이고, 우리는 함께 이에다의 집 앞을 지날 것이다. 우리보다 나이가 많은 이에다는 무척이나 예쁜 아가씨로, 내 사촌 형 두 명과 데이트를 하곤 했다. 난생처음으로 그녀의 등에 기대고 앉았던 일이 기억난다. 그것이 그녀와의 유일한 접촉이었다. 그때는 아무 말도 할 수 없었지만 그녀의 집에서 나올 땐 무척이나 어른스러워졌음을 느꼈다.

우리가 이에다의 집 앞을 지날 때 그녀는 우리가 간식으로 즐겨 먹는 사포딜라● 열매를 먹으며 언제나 멀리서 말없이 손짓을 해주었다. 이에다가 창문에서 우리에게 손짓을 할 때마다 그녀의 어머니가 나타나 그녀를 안으로 끌고 들어가 버렸다. 그러면 우리는 후닥닥 뛰어 도망을 치곤 했다.

　나는 새빨갛게 달아오른 얼굴로 숨을 헐떡이며 광장으로 뛰어가 따르씨지우를 기다렸다. 그러고 있노라면 마른 몸에 가무잡잡하며 거의 말이 없고 착하기만 한 그가 오는 것이 보였다. 나는 그에게 약간 질투를 느꼈다. 왜냐하면 그의 교복 바지는 길고 밑이 넓어서 멋있게 보였지만, 내 바지는 짧고 좁아서 촌스러웠기 때문이었다. 그래서 짓궂은 친구녀석들은 내가 학교에 가면 "야, 저 녀석 바지 좀 봐! 참 잘 빠졌지? 멋있다, 멋있어!"하며 놀리곤 하였다.

　그러나 나에게도 정말 괜찮은 점이 있기는 했다. 마리스따스 학교 선생님들은 나의 총명함에 대해 늘 침이 마르도록 칭찬을 했다. "그 녀석은 말이야, 모르는 게 없어, 뭐든지 정말 쉽게 깨친다고. 녀석은 나중에 틀림없이 출세할 거야……"

● 브라질의 옛 화폐 단위
● 중앙아메리카가 원산지인 열대성 상록교목. 수액이 껌의 원료로 쓰이며, 열매는 즙이 많고 달콤한 맛이 난다.

기다리고 있던 따르씨지우가 조용히 나에게 다가왔다.

"제제, 수학 시험 준비는 많이 했어?"

아차, 수학 시험이 있었지! 나에게 수학은 가장 어려운 과목이었다. 그래서 제일 싫어했고, 벌도 가장 많이 받았다. 나는 수학 공부 때문에 좋아하는 영화 구경도 갈 수 없었고, 축구 경기에도 참가하지 못했다. 하지만 내가 가장 좋아하는 수영만큼은 포기하지 않았다.

"제제, 정신 차려! 수학 공부 좀 했어, 안 했어?"

"나는 수학 시험이 인생의 마지막 시험이라면 좋겠어."

"점수를 잘 딸 수 있을 것 같아?"

"글쎄, 힘들 것 같아. 펠리시아누 선생님이 화를 낼걸."

"그러면 어떡할 거야, 무슨 좋은 수라도 있어?"

"펠리시아누 선생님이 내가 수영하느라 수업 땡땡이친 것을 알고 있더라고. 우리 식구들도 싫어하고 있는데 말이야. 그래서 내가 앞으로는 절대로 그런 짓을 하지 않겠다고 약속하면 선생님이 점수를 바꿔 줄 거야."

"너 정말 그 약속을 지킬 수 있어?"

"참, 순진하기는. 내가 미쳤니? 시험이 끝날 때까지만 약속을 지키고, 그 다음엔 다시 수영하러 가면 될 거 아냐."

"그러다가 선생님이 다음 시험에도 점수를 바꿔 주지 않으면 어떡하니?"

"그때는 또 다른 수를 써야지. 다른 방법이 있을 거야. 또 이 시험이 이번 학기의 세 번째 시험이잖아. 세 번의 평균 점수만 괜찮다면 네 번째 시험은 잘 치지 못해도 넘어갈 수 있을 거야. 걱정 없어."

"그런데 제제, 어떻게 성적표의 점수를 바꾼다는 거야? 확실한 거야?"

"그런 건 걱정하지 않아도 돼. 내가 지난번에 본 적이 있으니까. 만일 우리가 열두 과목을 시험 쳤으면 그 열두 과목에는 각각 번호가 매겨지거든. 그 다음엔 펠리시아누 선생님이 분류를 해서 각 과목 성적란에다가 정확한 점수를 써넣는단 말이야. 바로 그때 그 점수를 바꾸면 돼."

"그러다가 나중에 들키면 어떡할 건데?"

"그럴 리는 없을 거야. 아무도 그 사실을 모를 테니까 말이야. 그리고 번호에 쓰이는 글씨는 매번 달라지니까 걱정 없어. 선생님이 뭐, 바보니?"

1. 학교

"그런데 선생님이 왜 너한테 그렇게 잘해 주는 거야?"

"날 어렸을 때부터 봐 왔으니까."

"나도 어렸을 때부터 알고 있었는데 왜 나한테는 선심을 베풀지 않는 거야?"

"히히, 그건 네가 나만큼 잘생기지 못했기 때문이야. 선생님은 내가 마치 자기 아들이나 된 것처럼 생각하는데, 너같이 못생긴 아들을 누가 좋아하겠니?"

"웃기고 있네. 말도 안 되는 소리 하지 마!"

"너, 내가 여자들에게 인기 있다는 거 몰라?"

"호박 같은 계집애들이나 너를 좋아하겠지 뭐!"

"사실은 그게 아니고, 그렇게 되었으면 좋겠다는 얘기야. 자, 그만 하고 저기 벤치에 좀 앉았다 가자."

"그래 좋아. 그런데 늦지 않을까?"

"아직 10분이나 남았어. 뛰어가면 되지 뭐. 그리고 지각을 해도 화내지 않는 아마데우 선생님 시간이잖아."

우리가 마치 개선장군처럼 무화과나무의 낙엽들을 저벅저벅 밟고 걸어가 벤치에 걸터앉았다.

교회의 뾰족한 탑 위에서 휘날리는 깃발을 쳐다보았다. 그것은 자유와 삶을 상징하고 있었다. 나는 깃발을 쳐다보면서 언젠가 외인부대에 들어가는 꿈을 꾸었다. 그래서 나는 오래 전부터 탑 위 망루에서 항구에 드나드는 배를 감시하는 보이스카우트 단원들과 친하게 지내고 있었다. 나는 다시 외인부대에 대한 공상에 빠져 들었다. 그리고 전에 본 '전쟁의 영웅'이라는 영화의 한 장면을 머릿속에 그려 보았다.

"따르씨지우, 어떤 죄를 지은 사람이라도 외인부대에 들어가는 것은 어렵지 않을 것 같아. 거기에서는 어느 누구도 다른 사람의 과거에 대해서는 별로 중요하게 생각지 않으니까 말이야."

"그러면 지금 당장 누군가를 죽이고 외인부대에 입대할 생각이라도 있다는 거야? 누굴 죽이고 싶다는 거지? 그게 누구야?"

"교장, 주제 선생. 그 망할 놈의 마귀 같은 선생이 내가 수학 공부를 하지 않는다고 나한테 소리를 빽빽 지르잖아."

"교장 선생을 어떻게 죽일 건데?"

"화학 시간에 쓰는 청산가리용액을 쓰면 돼. 그걸 교장 선생의 맥주잔에 넣는 거지."

"그래? 그렇지만 실험용 화학약품을 두는 창고는 모두 잠겨 있잖아."

"그건 간단해. 교회 탑 위의 작은 문을 밀고 들어가면 화학실로 통하게 되어 있어. 탑 꼭대기의 종 위쪽에 커다란 창문이 있지? 그 옆을 보면 또 조그만 창문이 있는데 거기로 들어가면 돼."

"그런데 말야, 뚱뚱하고 배가 툭 튀어나온 종치기 영감이 어떻게 그 탑의 계단을 올라갈 수 있는지 모르겠어. 너도 알다시피 그것들은 낡고 썩었잖아. 게다가 여섯 계단 정도는 아주 없어져 버렸고. 아마 그 영감은 썩지 않은 계단 가장자리로 간신히 올라가나 봐."

"야, 말도 안 되는 소리 하지 마. 시작도 안 했는데……"

"그러다가 오히려 네가 죽기라도 하면 어쩌지?"

"실수하면 그렇게 되겠지. 만일 주제 교장 선생이 죽는다면 사흘은 놀 수 있을 텐데. 그런 행운이 우리에게 찾아오기나 할는지 모르겠다. 우리가 졸업하려면 아직 2년이나 더 있어야 하는데 마귀 같은 그 지긋지긋한 선생은 점점 더 발광을 하고 있으니……"

우리들은 잠시 동안 조용했다. 탑 위에서 휘날리는 깃발의 매력이 다시 내 시선을 빼앗아 갔다. '지리 과목은 미지의 세계로 방랑을 유혹하는 상상의 날개'라!

"제제, 너한테 할 말이 있는데, 일요일에 해줄게."

"뭔데? 왜 일요일에 말하겠다는 거지? 걸어가면서 얘기해."

우리가 벤치에서 일어나 떠날 채비를 했다.

"일요일에는 너희 엄마가 너를 간섭하지 않고 내버려 두니까 집에서 쉽게 빠져 나올 수가 있잖아. 그러면 망고나무에 올라가서 얘기해 줄게. 아무도 알면 안 되는 얘기란 말이야".

"야, 일요일이 되려면 아직 사흘이나 남았잖아. 지금 얘기해 봐. 그러면 나도 아주 재미있는 얘기를 해줄게."

"그래, 좋아. 너는 학교를 졸업한 다음에 뭘 할지 생각해 본 적 있어?"

그 말을 듣고 나는 그런 생각을 전혀 해 본 적 없다는 듯 머리를 흔들었다.

며칠 전 아버지가 나를 불러 마지못해 아버지의 진찰실에 간 적이 있었다.

'아버지는 커 가는 자식의 미래에 대해서 뭔가를 알고 싶었던 거야. 그런데 나는 그런 문제에 대해서 아버지와 대화를 하는 게 죽기보다 싫었으니……. 언젠가는 나도 아버지가 되겠지만 말이야.'

갑자기 풀이 죽었다. 내가 자라서 어른이 된다는 것이 너무나 무서워졌다. 불행하게도 다른 사람들처럼 아버지가 되어서 자식들에게 엄격하고 딱딱한 자세로 얘기해야 된다고 생각하니 맥이 탁 풀렸다.

아버지는 따르씨지우가 내게 물어본 것과 똑같은 질문을 했다. 중학교를 졸업한 뒤에 무엇을 할 계획이냐고. 그러나 나는 그 점에 대해서 전혀 생각해 보지 않았다. 아! 그래서 일요일이 사흘밖에 안 남았는데도 나에게는 아주 먼 날처럼 느껴졌나 보다.

아버지는 나의 호기심이나 가능성 그리고 장래에 대

해서 어느 정도는 알고 있었기 때문에 항상 무엇을 결정하기 전에 충분한 생각을 하라고 충고해 주었다. 그러나 나는 수영을 하거나 해변에서 일광욕을 즐기거나 하는 따위의 자유로운 생활에만 관심을 갖고 있었다. 아버지는 장차 내가 아버지의 뒤를 이어 의사가 되기를 무척 바라는 것 같았다. 아이쿠, 내가 의사가 된다고? 그렇게 되면 사람들의 병을 찾아내서 치료를 하고, 역겨운 소독약 냄새를 맡아야 되는 것이 아닌가!

언젠가 마리스따스 학교 선생님들이 나에게 종교적인 성향이 있다고 말한 적이 있었다. 하지만 그건 나를 정말 잘못 보고 한 말이었다. 나에게는 다람쥐 쳇바퀴 돌듯 주일마다 반복되는 미사마저 귀찮고 흥미 없는 일이었으며, 아무 의미도 없이 늘 똑같은 일이었기 때문이다.

그래도 나는 무의미한 존재가 되고 싶지는 않았다.

'지리 과목은 미지의 세계로 방랑을 유혹하는 상상의 날개.'

바로 그때, 이유를 알 수 없는 어떤 슬픔이 별안간 내게 몰려왔다. 내가 기대했던 어떤 것이 실패나 좌절일지도 모른다는 생각이 들었기 때문이다. 아, 모두들 벌써

부터 장래에 대해서 걱정을 하고 자신들의 계획을 세워 나가는데, 나는 아무것도 생각하지 않고 있었다니…….

"그래, 생각해 봤어?"

"응? 뭘?"

"너의 장래에 대해서 말이야."

"응, 지금 막 생각하기 시작했어. 그런데 너는 생각해 본 적 있니?"

"나는 널 잘 알아. 너는 그 점에 대해 전혀 생각해 본 적이 없고, 생각하고 싶지도 않은 거지? 우리가 형제는 아니지만 네가 나와 함께 갈 수 있었으면 좋겠는데……."

"그게 어딘데? 어디로 가겠다고? 넌 지금까지 나랑 어딜 같이 가고 싶다고 얘기한 적 없었잖아."

"잠수함."

그 말을 듣고 내가 깜짝 놀라 따르씨지우를 쳐다보았다. 언제나 조용하고 순진하기만 한 그가 너무나도 담담하게 그 엄청난 말을 내뱉었기 때문이었다.

"그래, 나는 잠수함에서 일할 거야. 그게 바로 내 꿈이거든."

"너는 무섭지도 않니? 잠수함에 대해서 생각하고 있었으면서도 왜 내게는 지금까지 말을 안 했지? 아, 그래! 네가 며칠 동안 보이지 않는다 했더니 그런 수수께끼 같은 생각을 했구나."

"나랑 같이 안 갈래? 그건 정말 신비스러운 일일 거야. 바다 깊숙이 내려가면 여기와는 다른 세상이 있을 테니까."

"그래, 그렇지만 너도 리처드 딕스●의 영화를 봤잖아? 바다 저 밑에는 무서운 괴물이 있어. 또 사람들은 산소가 부족해서 고통을 당하고 말이야. 그러니까 나는 절대로 안 갈 거야."

"그렇지만 너는 바다에서 수영하는 걸 좋아하잖아."

"수영하는 것과 숨이 막혀 죽는 것은 다른 거야. 그런데 네가 어떻게 잠수함을 탈 수 있어?"

"해군에 입대할 거야."

"아니, 우리 나라 해군이 잠수함을 갖고 있단 말이야?"

"확실치는 않아. 아무도 모르니까. 혹시 까스꾸징뉴는

● 1930~1940년대에 주로 활동했던 미국 영화배우

알고 있을지도 몰라. 가서 물어볼까?"

"그렇지만 물어본다고 그런 군사 기밀을 얘기해 줄까?"

생각이 여기에 이르자 우리는 커다란 난관에 부딪치게 되었다. 내가 교장 선생을 죽이는 것도 어려운 일이지만, 따르씨지우가 해군이 되어 잠수함을 타고 브라질 땅에서 사라져 버리는 것도 쉬운 일이 아니기 때문이었다.

교회의 시계탑이 8시 30분을 알리고 있었다.

"제제, 가자. 네가 이렇게 학교에 늦는 걸 너희 집에서 알면 너는 일요일에 바닷가에 갈 수도 없잖아."

우리는 바삐 걸었다.

"그런데 제제, 나한테 말하려고 했던게 뭐니?"

내 마음속에서 못된 장난기가 발동했다.

"따르씨지우, 나도 너처럼 그리고 어른들처럼 자라고 있는 게 있어. 머리털이 굵어지기 시작하고, 여기 이 부분(사타구니)의 털도 점점 자라나고 있어."

"그거야 당연하지. 어느 날 갑자기 우리도 모르게 아마 숲이 되어 버릴걸."

"그럼 너는 벌써 그걸 느꼈단 말이야?"

"아니."

"나도 그렇진 않아. 그런데 얼마나 지나야 우리도 자식들을 낳을 수 있는 걸까?"

"야, 그만해, 제제. 빨리 가자."

우리는 걸음을 재촉했다.

"또 하나 있어."

"뭔데?"

"집에서 말야, 하녀가 부엌 전등을 닦으려고 사다리를 올라가고 있었어. 그런데 내가 하녀의 그 통통한 넓적다리를 보았거든!"

"제제, 쓸데없는 소리 하지 말고, 빨리 가자. 아르뚜르네 가게 옆 지름길로 가는 게 빠를 거야."

"그 길로는 가지 말자, 따르씨지우."

"왜? 그 여자 애가 무서워서?"

"그 계집애가 얼마나 웃기는데. 내가 언젠가 그 집 앞을 지나다가 그 계집애랑 싸운 일이 있어. 내가 그랬지. '야, 이 젖비린내 나는 계집애야, 뭘 봐? 너네 엄마한테 이를 거야. 너, 내가 지나갈 때마다 왜 날 놀리는 거야? 그만두지 못해!'라고 말이야."

"그랬더니 그 애가 뭐래?"

"내가 그렇게 소릴 쳐도 그 계집애는 여전히 양손으로 턱을 받치고 창문에서 나를 놀리는 거야. '아이 참, 귀엽기도 해라!' 하면서 말이야. 나를 기다리고 있다가는 내가 지나갈 때마다 항상 눈웃음을 치면서 말을 걸어. '참 귀엽기도 해라!'라고. 언젠가는 그 계집애네 아버지에게 얘길 해야겠어."

"뭐라고?"

"'여보쇼, 이제 겨우 열 살 남짓한 당신 딸이 남자들을 희롱이나 하고 있다는 걸 알고나 계쇼?'라고."

"야, 너 대단하구나! 그러면 그 애가 아마 앞으로는 그러질 못하겠지. 그런데 그 애 이름이 뭐니?"

그러자 한없는 호기심이 나에게 밀려들었다. 남자의 허영심이라 할 수 있는 무엇인가가 나를 뒤흔들기 시작했다. 나는 그때까지 그 아이의 이름을 모르고 있었던 것이다.

우리가 그 지름길로 바삐 걸어갔다. 그 아이가 역시 그곳에 있었다. 일부러 길 건너편으로 가지 않고 대담하게 그 창문 곁으로 걸어갔다. 나는 그 아이의 단정치 못한 모습과 헝클어진 머리를 보았다. 그리고 두 눈을 찬

찬히 훑어보았다. 검은 눈은 웃음을 잃고 있었다. 아마 그 아이는 내가 따르씨지우와 함께 있었기 때문에 귀엽다는 말을 못하는 것 같았다. 나는 그 아이의 눈을 뚫어져라 바라보았다.

  그러나 아무런 말도 할 수 없었다.

2. 몇 년 후

"제제, 너는 어떻게 그런 어리석은 생활을 하고 있니?"
내가 재빨리 신발을 벗으면서 말했다.
"따르씨지우, 너는 우리가 다시 어린아이가 된다는 상상을 해 본 적 있어?"
나는 껑충 뛰어 늙은 망고나무의 가지를 꽉 붙잡았다.
"우리의 망고나무여, 그동안 잘 있었니?"
나는 가지에 매달려 몸을 흔들었다.
"아, 어린 시절이라! 나의 어린 시절은 가장 불행했고, 또 가장 비겁했던 시절이었어. 하지만 그 어느 것과도 바꿀 수가 없어."

 내가 몸을 일으켜 가지 위로 올라가 이 가지 저 가지로 옮겨다니기 시작했다.

 따르씨지우는 내가 가는 대로 따라다녔다.

 "따르씨지우, 우리들의 가지가 어떤 거지?"

 "저거야."

 "정말? 그런데 왜 저렇게 작게 보이지?"

 "우리들 눈이 커졌기 때문에 그렇게 보이는 거야."

 나는 가지가 셋으로 갈라지는 곳에 앉아 이제는 윤기가 사라져 버린 망고나뭇잎들을 바라보았다. 머지않아 이 나무는 열매도 맺지 못하게 될 것이다. 그러면 늙어서 쓸모없게 되어 버린 이 나무는 그동안의 삶에 아무런 의미도 부여받지 못한 채, 무지막지한 도끼 세례를 받을 것이다. 빌어먹을! 도대체 누가 이 불쌍한 망고나무를 늙게 했단 말인가? 가엾기도 하지. 그러나 이런 생각은 아무 의미 없는 것이었다. 우리들도 언젠가는 그렇게 늙어 버릴 것이기 때문에…….

 따르씨지우가 내 생각을 읽고 있는 것 같았다. 그리고 그의 표정은 나의 그런 생각을 나무라는 듯했다.

"제제, 너도 이젠 열아홉 살이 되었잖아. 이제는 뭔가 해야 할 나이 아니니?"

"나는 아무것도 되고 싶지 않아. 나는 어렸을 때부터 방랑벽이 있었어. 누구든지 나를 좋아하려면 나의 이런 점까지 있는 그대로 인정해야만 해."

"'지리 과목은 미지의 세계로 방랑을 유혹하는 상상의 날개'라는 말씀이군."

"그래, 하지만 그렇게 말한 사람은 지금 여기에 없어."

내가 따르씨지우의 가무잡잡한 얼굴을 보면서 흥겹게 웃어댔다. 그는 코밑과 턱에 조금씩 자라고 있는 검고 가느다란 수염을 정성껏 기르고 있었다.

"만일 내가 콧수염을 기른다면 보기 싫은 금발 수염이 나겠지? 그럼 아마 나는 거기다 먹물을 칠해야 할 거야."

"제제, 우리 농담은 그만하고 심각하게 이야기해 보자. 그래, 너는 정말 학교를 그만둔 거야?"

"응."

"그럼 이제부터 뭘 할 건데?"

"나는 아직도 외인부대에 대한 생각을 버리지 못했어."

"그런데 주제 선생이 그냥 돌아가셨으니 이제 다른 희

생자를 찾아봐야겠구나."

그 말을 들으니 우울해졌다.

"그래, 그렇지만 우리는 휴일을 얻지도 못했지."

"그렇게 말하면 안 돼. 그 노인처럼 좋은 사람은 없었어."

"좋긴 뭐가 좋아, 창녀의 늙은 자식 같았지. 그 지긋지긋하고 마귀 같았던 영감은 우리한테 겁주려고 소리만 질러댔어. 어린 시절을 공포와 두려움으로 가득 차게 만들었을 뿐이라고. 너도 그 부활절 전인 성금요일을 기억하지? 그 작자가 총 쏘는 연습을 한답시고 마당에 있던 개를 쏘아 죽인 일 말야. 축제를 맞아 기분 좋게 뛰어 놀던 개를……. 총알이 그 개의 이마를 정통으로 뚫었지. 그래, 하긴 그런 작자라도 좋긴 좋았겠지."

"죽은 사람을 너무 심하게 얘기하지 마."

"그래, 그런 영감이라도 죽어서는 성인이 되었을 테니까, 물론 그렇게 말하면 안 되겠지."

"제제, 나는 너와 싸우자는 것도 아니고, 토론을 하자는 것도 아니야."

"담배 있으면 한 대만 줘."

나는 담배에 불을 붙여 허공을 향해 자유를 뿜듯 연기

를 뿜어냈다. 담배 연기는 마치 살아 움직이는 것처럼 나에게서 멀어지고 있었다.

"웃기는 녀석. 그래, 너도 많이 변했어. 이젠 너의 잠수함 이야기를 들을 수 없게 됐으니 말이야. 하지만 나는 다시 어린 시절로 되돌아가고 있는 것 같아."

"잠수함에 대한 나의 꿈은 법과대학을 선택하는 것으로 바뀌었는데 그나마 돈이 없어서 2년 동안이나 쉬어야 할 것 같아. 지금 생각으로는 싸네아멘뚜에서 아르바이트로 돈을 어느 정도 모은 후에, 학비가 싼 포르딸레자로 가서 공부를 계속할 생각이야. 아무래도 그곳이 학비가 적게 들거든."

"일하기는 괜찮은 거야? 참, 너 그 라고아 쎄까 동네의 금발 소녀 기억하지? 그 애가 누구 애인이었는데……. 이름이 생각나질 않아. 그런데 너는 내가 담배를 피우지 말아야 한다고 생각하니? 어때?"

"제제, 한꺼번에 다 말하려고 하지 말고 하나씩 이야기해."

● 브라질 동북부 쎄아라 주의 수도

"제기랄, 그럴까? 학교 다닐 땐 너의 그 멋진 교복 바지가 부러웠고, 지금은 너의 침착하고 논리적인 면이 내게 없다는 사실이 유감스러울 뿐이야. 너무 그러지 마. 너도 알다시피 내가 수영 연습을 다시 시작해야 하는데, 그럼 담배를 끊어야 한다고 생각하냐고."

그렇다. 나는 수영이 좋다. 몸이 물 속에서 미끄러지고 흐느적거리며 물방울 하나하나가 마치 사랑하는 친구처럼 다정하게 내 몸을 쓰다듬어 주는 느낌은 그 무엇과도 비교할 수 없을 정도로 좋았다.

"나는 내 몸에 인디언의 피가 흐르고 있다고 생각해. 참, 따르씨지우, 지금 몇 시지?"

"3시 15분이야, 왜?"

"아니, 아무것도 아니야. 우리가 다니던 마리스따스 학교에 잠깐 들를까 생각했거든."

"가 볼까?"

"펠리시아누 선생이나 앙브로지우 선생을 만날까 두려워."

"가 보자. 어때, 응?"

"그래 좋아, 가 보자."

우리는 재빠르게 망고나무에서 내려왔다.
"말라리아에 걸리지는 않겠지?"
"신발을 신기 전에 발을 닦는 게 어때?"
"그런 건 신경 쓰지 말자. 어차피 우리도 언젠가는 그런 흙먼지가 되어 버릴 텐데 이까짓 먼지쯤이야."

나는 손을 코로 가져가 냄새를 맡아 보았다.
"손에서 나는 이 망고나무 껍질 냄새가 참 좋아!"
"난 한 번도 그런 것에 관심을 가진 적이 없어."

날이 어둑어둑해졌을 때 나는 광장의 벤치에 앉아 있었다. 갖가지 잡다한 생각들이 꼬리를 이으며 떠올라 머릿속이 혼란스러웠다. 한꺼번에 모든 것을 생각하는 일은, 하나하나의 생각들을 온전히 정리할 시간을 갖지 못하는 것만큼이나 내게는 극심한 고통이었다.

그 커다란 광장에 있는 작은 보도블록들은 아무런 의미 없이 제멋대로 깔려 있는 것 같았다. 저녁 7시밖에 안 되었기 때문인지 시멘트로 만들어진 흰 벤치에는 아직 사람들의 그림자도 보이질 않았다.

아, 나딸은● 참으로 황량한 도시였다. 마치 시한폭탄 같았다. 이곳에는 내가 일을 할 만한 데도 없었다. 사실

나는 어떻게 일을 해야 하는지도 몰랐다. 학비와 하숙비는 아버지가 보내주는 돈으로 가까스로 충당했다. 그리고 어머니가 가끔씩 쥐어 주는 돈으로 장을 보러 간다든지 하면서 근근이 생활을 꾸려 나갔다. 구두가 다 떨어지거나 옷이 낡아 못 입게 될 때마다 나의 암담한 미래에 대해 수없이 걱정을 했다. 그러나 어렸을 때부터 꿈꾸어 온 삶을 살기 위해서는 의학 공부를 포기해야 하는데, 누가 나에게 그런 삶을 살도록 해줄 것인가? 아무도 그렇게는 못할 것이다. 하지만 학교의 감독관으로 일한다든가, 개인적으로 아르바이트를 한다든가, 직업교육 센터에서 글을 가르치기 위해서 그런 무미건조한 과정에 돈을 낸다는 것은 정말 너무나도 무의미하고 분한 일이었다. 게다가 헤시피의● 기온은 올라갔고, 비만 왔다 하면 고약한 냄새가 났다. 그뿐만이 아니었다. 싸웅 주제 시장에 늘어선 상점 바로 앞에 있는 쁘라이아 거리의 하숙집은 채소 썩는 냄새와 소금 냄새, 바다 냄새와 곰팡이 냄새 등이 온통 뒤죽박죽 섞여 구역질 나는 악취를

● 북동부 히우그란지두노르찌 주의 수도
● 브라질 북동부 뻬르남부꾸 주의 수도

2. 몇 년 후　37

풍기는 끔찍이도 더러운 곳이었다. 피곤에 지친 사람들을 괴롭히려고 도사리고 있던 빈대 같은 벌레들이 밤마다 방과 복도에서 극성을 부렸다. 점심 식탁에 오른 질긴 고기 덩어리는 마치 꿈틀거리는 벌레 같았으며, 저녁에는 맛없는 싸웅또메산● 바나나와 썩은 사과 조각, 설익은 원두로 만든 떫은 커피 한 잔이 나왔다. 그 정도는 참는다 하더라도, 사랑도 친구도 없다는 외로움이 견뎌내기 어려울 정도로 나를 괴롭혔다. 적어도 나딸에서는 사랑도 있었고, 어린 시절의 친구도 있었는데 말이다.

나는 땅이 꺼질 듯 한숨을 쉬었다. 내가 이 세상에서 가장 불쌍한 존재인 것 같았다. 수산회사는 어떨까? 미래를 보장받을 만한 곳일까? 웃기는 소리지. 모든 게 다 환상일 뿐이야. 나에게는 어선을 살 만한 돈도 없었다. 세상 사람들이 일컫듯이 나는 삶에 대해 뚜렷한 목표도 없는 무심한 놈이고, 그저 놀고 먹는 일만 바라며 허황한 꿈이나 꾸는 아주 쓸모없는 방랑자에 지나지 않는지도 모르겠다.

● 싸웅또메는 포르투갈 식민지였던 아프리카의 나라

갑자기 웃음이 터져 나왔다. 어느 누가 나에 대해서 진실함이 없다고 말할 수 있단 말인가?

나는 어떤 일, 어떤 직업이든지 간에 그 일상적인 단조로움 때문에 쉽게 싫증을 느꼈다. 벤치에 앉아 있는 동안 무기력한 느낌은 내 마음 한구석에서 더욱 커다랗게 파문을 그리며 번져 가고 있었다. 마치 모든 것을 잃어버린 듯 방황하고 있었다. 이제 머지않아 스무 살이 되는데도 할 일이 아무것도 없으니…….

차라리 죽는 것이 낫지 않을까? 바다 깊숙이 뛰어들어 지친 몸이 말을 듣지 않을 때까지 헤엄치면서 죽어 버릴까? 그러면 내 몸뚱이가 물 위로 떠오르고 게들이 내 눈을 다 파 먹을 거야. 그렇게 내가 죽고 나면 사람들이 말하겠지. "음, 참 좋은 청년이었는데……. 아주 건강하고, 잘생긴 청년이었는데……."

내가 코를 훙훙거리고 나서 숨을 크게 들이마셨다. 그리고 고등학교 시절 국어 시험에서 분명히 100점을 받을 만했었는데도 앙브로지우 선생이 내게 70점밖에 주지 않았던 것을 생각하며 웃음을 터뜨렸다. 나는 열다섯 살이 될 때까지 그날처럼 울어 본 적이 없었다. 나쁜 놈,

배신자, 사악한 놈 같으니라고. 그 야수 같고, 비쩍 마르고, 나약한 인간이 무수히 많은 친구들의 면전에서 나에게 창피를 주려고 일부러 그랬을 것이다.

그날 오후, 나는 수치심을 이기지 못하고 바닷가로 나갔다. 그리고 모래톱에 옷을 벗어 놓고는 물로 뛰어들었다. 높다란 파도가 넘실거리는 말없는 바다를 향해 헤엄쳐 나갔다. 모든 것이 나의 슬픔 속으로 녹아 드는 것 같았다. 팔을 뻗어 바닷물을 헤쳐 나가는 것까지도 커다란 슬픔처럼 느껴졌다. 어느 누구에게도 나의 심정을 한마디로 설명할 수 없었다. 하기는 죽을 놈이 그런 것을 생각한들 무슨 소용이 있단 말인가! 나는 점점 더, 바다 멀리 깊은 곳까지 헤엄쳐 갔다. 몸이 피곤해질 때까지, 아니, 식인상어가 나를 물어뜯을 때까지, 밤이 깊어질 때까지 헤엄쳐 가리라.

언제까지라도 그렇게 헤엄칠 수 있을 것 같았다. 나는 모래톱에서 아득히 멀어져 갔다. 뻬뜨로뽈리스 다리 위 가로등의 작은 불빛을 돌아보지도 않았다. 나의 죽음 때문에 학교는 하루를 쉬겠지. 그리고 모두들 나를 위해 기도할 거야. 내가 자살했을 거라고 확신하는 사람은 아무도 없을 테니까. 생각이 거기에 미치자 슬픔은 더욱 나의 가슴을 마구 짓눌러댔으며, 물을 가르는 두 팔의 힘은 점점 더 세지고 있었다. 나는 궁금증을 못 이겨 잠시 수영을 멈추고 뒤를 돌아보았다. 멀리 바닷가의 집들이 무척이나 조그맣게 보였다. 푸르고 거대한 바다와 높이 솟은 모래언덕에서 거꾸로 떨어지는 듯한 파도는 조그마한 내 몸뚱이를 마구 뒤흔들었다. 죽음에 대한 공포가 나의 의지를 약하게 만들지 못하도록 다시 힘차게 팔을 뻗어 헤엄치기 시작하였다. 안녕! 꽁세이싸웅, 발디비아, 마리아 지 루르데스, 마를리, 마리아 아폴로니아, 이에다……. 열다섯 해 동안 고통스럽고 괴로운 삶을 살며 사랑한 모든 사람들이여, 이제는 안녕!

그리고 까르멩 미란다도● 안녕! 바이아● 전통 의상을 입고 나를 향해 웃음 짓는 그녀의 사진이 생각났다. 이 세상에서 나만큼 그녀를 좋아한 사람은 없다는 사실을 그녀는 모를 것이다. 내 방의 모든 구석구석을 온통

●까르멩 미란다는 브라질의 유명한 대중가수이자 영화배우로 1930~1950년대에 활약했다.
●브라질 북동부 주

당신의 사진으로 장식하게 만든 까르멩이여, 이젠 안녕. 잘 있어!

나는 두 팔에 힘이 조금씩 빠지는 것을 느끼기 시작했다. 호흡이 점차 가빠 오기 시작했고, 손가락 끝이 추위로 곱는 것 같았다. 점점 죽음에 가까이 다가가고 있었다. 바로 그 순간, 어떤 커다란 목소리를 들을 수 있었다. 하느님의 목소리는 아니었다.

"이봐! 자네 미쳤어? 그러고 대체 어딜 가는 거야?"

고기잡이 배 한 척이 바로 코앞에서 흔들리고 있었다. 나는 그 배 뒤로 헤엄쳐 가서 배에 올라탔다. 어부들이 깜짝 놀란 얼굴로 나를 바라보았다.

"도대체 무슨 일이야, 이 친구야?"

그들은 내가 아담에서부터 헤엄쳐 왔다는 사실을 알고는 더욱 놀랐다. 나는 겨우 정신을 차릴 수는 있었지만, 너무나 피곤하고 숨이 차서 그들의 질문에 제대로 대답하기는 힘들었다.

"이 친구야, 그러다가 식인상어가 덤벼들기라도 하면 어쩌려고 그랬어?"

나는 고개를 푹 숙였다. 배가 흔들려서 어지러웠지만,

잠시 후에는 마음을 진정시키며 변명 아닌 변명을 해야 했다.

"헤엄쳐 가 봐야겠다는 생각 때문에……. 이렇게 멀리까지 나오게 되리라고는 생각도 못했어요."

"옷은 어디 있지?"

"저기, 해변에 있어요. 그런데 이 배는 어디로 가죠?"

"뽄따 네그라로 돌아가는 중이지."

"멀리 가는군요."

"다시 돌아가기가 겁나지?"

그랬다. 되돌아가야 한다는 두려움이 나를 마구 짓누르고 있었다. 그러나 애써 웃음을 지어 보이며 대답했다.

"아뇨."

"어디에서 오는 길인가?"

"메이우 해변에서요."

"그럼 우리가 자네를 메이우 해변 가까운 곳으로 데려다 주지. 자네가 헤엄쳐 갈 수 있는 적당한 곳까지 말이야. 근처에 닿거든 바다로 뛰어들어 물살의 방향을 따라가라구. 곧 밤이 될 테니, 곧장 헤엄쳐 가도록 해!"

배가 다시 미끄러져 나가기 시작했다. 그러는 동안 나

는 삐죽 솟아오른 나의 남성이 부끄러워 다리를 오므리며 감추려고 애를 썼다. 그것은 마치 피가 혈관 속에서 점점 솟구치는 것처럼 보였다. 그것을 나의 의지로 당장 억제할 수는 없었기에 원래대로 되돌리는 데 다소 시간이 걸렸다.

홀랑 벗은 채 어쩔 줄 몰라 하는 나를 보고 어부 한 사람이 큰 소리로 웃으며 말했다.

"바닷가에 있던 저 친구의 옷이 없어졌다고 생각해 보게나, 하하……."

아차, 그걸 생각하지 못했구나! 밤이 깊어지거나 식인 상어 때문이 아닌, 또 하나의 다른 이유 때문에 나는 피곤해진 몸을 빨리 움직여야 했다. 옷을 그냥 놔두다니……. 잠시 두 눈을 감고 숨을 깊이 들이마셨다. 배가 앞으로 나아감에 따라 밤공기가 더욱 차갑게 느껴져 살을 에는 듯했다.

"자, 이 친구야, 지금일세. 여기서 뛰어내리게나!"

나는 잊지 않고 어부들에게 고맙다는 말을 하고 나서 바다로 뛰어들었다. 배는 순식간에 바다 한가운데로 멀어져 갔고, 수평선은 점점 어둠 속으로 빨려 들었다. 도시와 뻬드로뽈리스 다리의 가로등 불빛이 반짝이며 나에게 다가왔다. 다행히 내 옷은 도둑맞지 않았다.

조금 전까지 하느님의 뜻을 거역하고 바다 멀리까지 헤엄쳐 가서 죽으려고 했던 내 행동을 생각해 보았다. 그러자 갑자기 두려움이 소용돌이치듯 내 몸을 휩싸고 돌았다. 사방에서 무시무시한 고기 떼가 몰려오는 것 같았다. 죽고 싶었던 마음도 다 사라져 버렸다. 입에서 피가 났다. 그리고 다리가 덜덜 떨려서 몸을 가누지 못하고 그대로 바닷가에 쓰러졌다. 밤이 더욱 깊어 갔지만, 나는 옷을 입고 집으로 돌아가야 한다는 생각을, 그럴 용기를 낼 수가 없었다. 그러나 나는 살아 있었고, 이제는 어떤 고통이나 절망도 이겨 내야 할 것 같았다.

지친 몸을 이끌고 겨우 집에 들어섰을 때, 식구들은 저녁 식사를 하고 있었다. 어머니가 늦게 들어왔다고 야단을 쳤다.

"식사 시간에 제때 맞춰 들어오는 법이 없구나!"
"저녁 먹고 싶은 생각이 없어요."
"왜? 밖에서 뭘 좀 먹었구먼……."

나는 고개를 푹 숙이고 거실을 지나 계단을 올라 내

방으로 갔다. 저런 인간들하고는! 죽을 뻔했다가 가까스로 살아 돌아왔는데, 따뜻한 위로의 말 한마디 없다니! 가족이라는 사람들이 어떻게 저럴 수가 있단 말인가?

나는 잠옷과 목욕수건을 집어 들었다. 내 몸에 남아 있는 소금 찌꺼기와 내 마음에 남아 있는 쓰라린 고통을 말끔히 씻어 버리고 싶었다. 그러고 나서 방으로 돌아왔다. 잘 정돈된 해먹이 있고, 창문도 나란히 열려 있었지만, 나는 숨조차 제대로 쉴 수가 없었다. 게다가 극심한 피로가 갑자기 온몸에 쏟아져 내려 나는 입을 반쯤 벌린 채 누워 있었다.

그때 2층으로 올라오는 발자국 소리가 희미하게 들렸다. 아버지가 조용히 방문을 열고 들어와 엄숙한 표정으로 침대 옆에 섰다.

"얘야, 무슨 일이 있었니? 왜 저녁을 안 먹니?"

"아무 일도 아니에요."

아버지에게 눈물을 보이지 않으려고 나는 고개를 돌렸다. 물론 아버지의 팔에 온몸을 던지고 모든 것을 이야기하며 엉엉 울어 버리고 싶기도 했다. 그러나 그럴 용기가 전혀 나지 않았다. 지금껏 아버지는 내가 원하는 대로 나를 대해 주지 않았기 때문이었다. 그것은 누이들도 마찬가지였다.

"무슨 일이 있었는지 속시원히 얘기해 보려무나."

수염이 텁수룩한 아버지의 얼굴은 붉은 빛이 감도는 잘생긴 얼굴이었다. 아버지의 잘생긴 얼굴을 바라보는 순간 나는 왠지 모르게 그 방에서 벗어나고 싶은 강한 욕망을 느꼈다. 아니, 그 집에서 뛰쳐나가 방랑자처럼 이 세상을 떠돌아다니며 애정을 찾고, 사랑을 구하며, 나만의 자유를 만끽하고 싶었다. 넓디넓은 이 세상에서 미지의 세계를 찾아 여행하는 것은 얼마나 신나는 일일까?

"너무 오래 수영을 했더니 피곤해서 그래요."

"일어서서 잠옷 윗도리를 벗어 봐라."

아버지는 내 가슴에 얼굴을 가까이 하고 자세히 살펴보기 시작했다.

"숨을 크게 쉬어 봐라."

나는 시키는 대로 하였다. 아버지가 전에 없이 애정이 담긴 모습으로 나를 대해 주는 것이 오히려 이상했다. 그렇지만 나는 아버지가 항상 그렇게 가까이에서 나와 함께 시간을 보내 주기를 진정으로 바랐다.

"뒤로 돌아 봐라."

아버지가 다시 내 등에 얼굴을 들이댔다. 그러고는 몸을 일으키며 말했다.

"아니, 어쩌다 이렇게 된 거니?"

"너무 오랫동안 헤엄을 쳤어요. 숨쉬기가 어려워요."

"어디 특별히 아픈 데는 없고?"

나는 일부러 조금 거짓말을 했다.

"여기, 가슴 윗부분이 조금 아파요."

아버지는 청진기를 대고 자세하게 진찰을 하기 시작했다. 나는 아버지의 매끄럽고 곧은 검은 머리를 바라보았다. 흰 머리칼은 하나도 없었다. 혹시 내 머리가 금발이기 때문에 나를 안 좋아하는 것이 아닐까? 아마 그럴지도 몰라. 틀림없어. 아니야, 다른 이유가 있을지도 몰라. 나는 오로지 그 생각에만 몰두해 있었다.

"귀가 먹었니? 내 말이 안 들려?"

잠시 후 아버지가 머리를 들고 놀란 눈으로 나를 쳐다보며 나무라듯이 말했다.

"숨을 크게 쉬라고 두 번씩이나 말했는데, 듣고 있는 거냐?"

아버지는 좀 더 자세히 관찰했다. 내가 몸이 아프면 아버지가 이처럼 전에 없는 관심을 보인다는 사실이 마치 새로운 발견과도 같다는 생각이 들었다. 진찰을 마친 아버지는 아무 일도 아니라는 듯 나의 가슴을 찰싹 치고 웃으며 말했다.

"괜찮다. 아무 일도 아니야. 그저 피곤해서 그런 것뿐이다. 하룻밤 푹 자고 나서도 낫지 않으면 내일 엑스레이를 찍어 보도록 하자."

아버지가 당신 방으로 갔다가 다시 와서 알약 몇 개를 주었다.

"잠을 푹 자려면 이 약을 먹어야 해. 푹 자라. 그럼……."

따르씨지우가 나를 뚫어지게 바라보고 있었다. 광장의 가로등에는 이미 불이 들어왔고, 한 무리의 사람들로 붐비고 있었는데, 특히 사랑에 들뜬 연인들이 이리저리 거닐며 그들의 인생을 즐기고 있었다.

"앉아 봐. 무슨 일이 있었니?"
"학교에 찾아갔던 것이 마음에 걸려서 그래."
"그래, 나도 그랬어."
"앙브로지우 선생은 꼭 그따위 말을 해야 했을까?"

다시금 그 상황이 내 앞에 펼쳐지듯 어지럽게 떠오르기 시작했다. 학교를 다시 찾아갔을 때 우리는 예전의 즐거웠던 기분을 되찾을 수 있으리라는 기대감으로 흥분을 감출 수가 없었다. 그리고 나의 몸과 마음이 자랐던 곳에 대한 묘한 감동이 나를 사로잡았다. 우선 우리는 모든 사람들이 존경하는 펠리시아누 선생이 연 파티에 갔다. 내가 좀 더 컸고, 더 강했더라면 무언가 확실한 감정 표현을 했을 텐데……. 그때 마침 앙브로지우 선생이 성직자의 법의를 입고 엄숙한 자세로 계단에서 내려오고 있었다. 그 선생의 비웃음 섞인, 심문하는 듯한 눈초리에 나는 처음부터 주눅이 들었다.

"어, 제제 아닌가?"
"예, 그렇습니다."
"또 학교를 그만두었다고?"
"그것이 유일한 해결책이었으니까요."

앙브로지우 선생은 우리가 어렸을 때부터 익히 알고 있던 그 신경질적인 태도에 웃음과 애정이 가득 담긴 눈으로 따르씨지우를 바라보며 웃었다. 그의 말투는 차디찼지만 겉으로나마 부드럽게 이야기하려고 애쓰는 것 같았다.

"이제 겨우 대학 문턱에 들어섰는데 공부를 그만두다니. 그건 아무짝에도 쓸모없는 짓이야."

나는 분노로 가득 찬 눈을 내리깔고 말았다. 언제나 그랬듯이 앙브로지우 선생은 그렇게 나의 자존심을 꺾었으며, 허영심을 부채질해 놓고서는 곧 모욕을 주어 나를 수치스럽게 만들었다.

"그래, 지금은 어떻게 지내나? 그 수산회사는 잘되나?"

"그만뒀습니다. 파산했거든요."

"그렇다면 앞으로는 뭘 할 생각이지? 우리가 해줄 수 있는 일이 있나?"

나는 내 인생에서 그따위 위로를 받을 필요는 없다고 욕을 해대고 싶었다. 내 나이도 곧 스물이 될 텐데, 그럼 이제 나도 성인이 아닌가! 이 나이면 애인도 사귈 수 있고, 성병에도 걸릴 수 있는데 나를 우습게 여기다니……. 그러나 나는 입을 꽉 다물고 있었다. 그러다가 그에게 모욕이라도 줄 양으로 생각나는 대로 아무렇게나 얘기해 버렸다.

"극단에 들어갈 겁니다. 히우지자네이루에 가서 영화배우나 될까 해요. 그럴 생각입니다."

"제제, 산책이나 하자."

따르씨지우가 침묵을 깨며 말을 건네 왔다.

"제제, 나는 네가 걱정돼."

"걱정할 필요 없어. 모든 게 다 잘될 거야. 언젠가 뇌가 부풀어 터져 팝콘처럼 사려져 버릴 테니까……."

"그게…… 그런 식으로 해결이 안 될 수도 있잖아?"

"세상 모든 사람들이 나를 그렇게 비난하고 책망한다고 해서 해결될 문제도 아니잖아?"

만일 내가 방랑이나 유랑이라는 부질없는 말들을 삼키기라도 한다면 나는 마치 공처럼 부풀어 터져 버렸을 것이다. 집에서는 떠돌이, 학교에서는 외톨이. 친구들이 나를 슬쩍슬쩍 훔쳐보기만 하고 말을 건네지 않는 것도 나를 그렇게 생각하고 있기 때문일지도 모른다.

내 머릿속에서 갑자기 지도가 펼쳐졌다. 마뚜그로쑤

지방의 정글, 고이아스● 지방의 밀림지대, 인디오들, 초원, 세상에서 가장 큰 섬이 되어 버린 바나날 섬.● 오, 맙소사! 죽어 버리겠어. 죽어 버릴 거야. 없어져 버릴 테야! 이 불행하고, 고통스럽고, 보잘것없는 삶을 끝내 버리고 싶어! 아아······!

"그런데 너는 왜 일자리를 찾지 않니?"

"뭐라고? 아직 예비역 등록 수첩도 없어. 헤시피에 있는 장교훈련소에서 군사훈련을 받을 나이는 지났고 말이야. 그러니 지금 기다리는 것은 오직 징집뿐이지."●

"왜 진작 그런 생각을 하지 않은 거지?"

"생각해 본 적이 없거든. 어쨌든 좋아, 그런데?"

나는 다시 어디론가 멀리 떠나는 생각에 사로잡혔다. 내가 트럭을 타고 초원을 가로질러 달리고 있었으며, 쪽배에 실려 강을 따라 내려가고 있었다. 햇빛은 얼굴에 가득 쏟아져 내렸고, 나는 마음껏 자유를 즐기고 있었

● 브라질 내륙에 있는 주
● 브라질 중남부에 있는 주
● 브라질 중부의 섬
● 브라질은 의무병 제도를 채택하고 있지만 군사훈련을 받는 것으로 병역의무를 대신할 수 있다.

다. 자유와 고무나무, 열병! 그리고 밀림 속에서 말라리아에 걸려 서서히 죽어 가는 내 모습이 주마등처럼 스쳐 지나갔다. 누구에게도 해를 끼치지 않고, 아무도 없는 밀림에서 오직 나 혼자만이 이 험한 세상에 종말을 고하는 슬픈 광경도 보였다. 혼자서 말이다. 그래, 이 끔찍한 생을 마치는 것이다.

그러나 인생의 아름다움을 미처 맛보지도 못한 열아홉 나이에 젊음이 끝나 버린다는 것은 너무나도 억울하고 비극적인 일이었다. 바로 그 순간, 내 앞으로 무척이나 매력적인 한 소녀가 지나갔다. 죽음에 대한 부질없는 생각이 채 10분도 되지 않아 눈 녹듯이 사라져 버리고 말았다. 갑자기 내 눈이 생기를 되찾았다.

"어이, 따르씨지우, 저 애가 누구지?"

"알아맞혀 봐."

"글쎄, 여기 돌아온 지 얼마 안 돼서 잘 모르겠어. 이 광장에는 처음이라서."

그 소녀가 우리를 돌아보고 살짝 웃어 보이고는 다시 모퉁이를 돌아 걸어갔다.

"아니, 제제, 정말 모르겠어? 정말로?"

"맹세코 정말 모르겠어. 생각이 안 나"
"씰비아잖아. 지름길에서 보던 그 애 말이야."
"아냐! 그럴 리가……."
"맞아, 그 애야!"
"아니, 저렇게 예뻐졌단 말이야?"
"왜, 너 또 엉뚱한 생각을 하고 있는 거 아냐?"
"어떻게 한번 꼬드겨 봐야겠는데!"
"야 야, 엉뚱한 생각 하지 마. 지금 네 장래에 대해 심각하게 얘기하는 중이잖아. 그런데 너는 그런 생각을 하니?"
나는 낄낄거리며 웃었다.
"내가 개자식이 되든 말든 내버려두라고. 괜찮아. 어쨌든 한번에 딱 꼬여서 끝내 줄 테니까."

3. 사랑에 눈뜰 때

나는 거울 앞에 서서 휘파람을 불며 모양을 내고 있었다. 나도 이제 열아홉 살이고, 스무 살이 얼마 안 남았으니까 어른이 다 된 게 아닌가? 거울을 보며 유행에 따라 이리저리 모양 있게 머리를 매만지거나 옷매무새를 다듬는 것이 조금도 싫지 않았다. 내가 부는 휘파람 소리는 아무 뜻도 없는 것이었지만, 그 곡에 가사를 붙였다면 그다지 유치하지 않은 이런 노래가 되었을 것이다.

    나는 어둠이 밀려오는

이 깊은 밤의 주인공이라네

아, 즐거운 인생이여

사랑하는 그대, 여인들이여

우리는 언제나 함께 있네

어둠 속에 빛나는 수많은 별들을 노래하며

우리들 마음속에 영원히 간직하리니

오늘 나는 그대에게 갈 것이라네

그리고는 그대를

놓치지 않으리니

휘파람을 멈추고 거울을 바라보며 멋쩍은 웃음을 짓고 말았다. 세월이 내 코를 그런대로 괜찮게 만들어 가고 있었다. 거울에 비친 나의 코, 아직은 감자처럼 납작하고 못생겼지만 그런대로 매력이 있어서 내 멋진 모습에 해를 끼칠 정도는 아니었다.

나딸 시의 화려한 거리 풍경이 떠올라 눈앞에 펼쳐지는 듯 했다. 그곳에는 내가 좋아했던 화려하고 예쁜 영화배우들이 많이 있었다. 시장 근처의 극장에는 데아나 두르빈이 있었고, 그란지 뽄뚜 극장에는 도로시 라무르가 있었다. 물론 어머니는 그런 데 신경을 쓰지 않았고, 내게 그 여자들을 보러 갈 기회를 주지도 않았다. 아, 언젠가 조비누 바헤뚜 거리 모퉁이에서 초록색 눈의 흑인 혼혈녀 마리나를 볼 기회는 있었지! 그러나 그마저도 어둠이 깊어지는 저녁 무렵이어서 자세히 볼 수는 없었다. 자네찌는 또 어땠지? 빌어먹을, 그런 열정은 집어치워야겠지. 그래, 아버지도 내게 그 여잘 조심하라고 충고했었다. 그 여잔 돈 보따리 가진 남자나 기다린다고 사람들이 수군거리기 때문이었다. 빌어먹을, 내가 그렇게 만만하게 보였단 말인가? 그 순간 나에게는 더욱 정열적인 삶과 사랑, 그리고 수영에 대한 욕망이 끓어올랐다. 아름답고 광활한 바다 한가운데에서 헤엄치는 일은 얼마나 멋진가! 원주민 인디오의 악마같은 열정이 내 뜨거운 혈관 속에서 소리치고 있는 것 같았다. 아, 바다! 거대하고 아름다운 바다! 감미로운 바다! 아침마다 바다 끝, 수평선 너머에서 솟아오르는 태양은 언제나 나를 바다로 이끄는 매력이었다. 바다는, 아니, 바다에 속한 모든 것은 다 내 것이었다. 밀려오는 파도, 상큼하고 비릿한 바다 냄새, 뽀뗑지 강, 그 모든 것들이 내 마음을 한없이

부풀게 하며 즐거움으로 넘실거리게 하였다.

그때 저녁 먹으러 오라는 소리가 들렸다. 저녁 식사 시간, 시계, 시간, 스무 살 나이, 저녁 식사, 저녁 식사……. 나는 황급히 정신을 차리고, 거울에 비친 모습을 찬찬히 훑어보았다. 그을린 피부가 내게 부끄러움과 동시에 어떤 만족감을 주었다. '이 정도면 나도 꽤 건강하고 잘생긴 녀석이란 말야…….'

방에서 나와 저녁밥을 먹으러 갔다. 그날 저녁에는 음식이 유난히 맛있었고, 다투거나 투덜거리는 사람도 없었다. 그날따라 어머니가 더욱 아름다워 보였으며, 아버지도 전보다 자상한 모습이었다. 그런 분위기 때문에 오히려 쑥스럽고 불안한 느낌이 들 정도였다. 오늘이 무슨 특별한 날인가? 아무튼 나와는 상관없는 일이었다. 내게는 오로지 바다 쪽에서 모래 냄새와 야자수 냄새를 실은 바람이 불어오는 조용한 어둠만이 중요했을 뿐이다.

"오늘 거기에 가 보려고요."

"어디?"

아무도 내 말에 관심을 보이지 않는데 혼자 중얼거리는 기분이었다.

"어디에, 뭐?"

누나가 관심도 없으면서 한마디 말을 건넸다. 나는 증오의 눈빛으로 누나를 쏘아보았다. 마귀할멈 같은 누나는 사사건건 나를 걸고넘어졌다. 올가미를 씌워서 나를 못살게 굴고 내 삶을 엉망진창으로 만들었다. 나를 못마땅하게 여기는 누나에게 언젠가는 반드시 빚을 갚고야 말겠다. 그리고 앞으로 누나와는 이야기도 하지 않을 것이다. 나를 편안하게 해주는 여동생도 누나 등쌀을 감당하지 못하는 것 같았다.

"어디 간다며?"

"알 거 없어. 참견 마!"

아버지가 내 말투를 꾸짖듯 노려보았다. 나는 입을 다물었다. 그래, 입 밖으로 내뱉은 게 잘못이지. 생각만 하고 지내는 것이 제일이라는 걸 잊었군. 그 순간, 즐겨 흥얼거리던 노래가 머릿속을 스쳐 지나갔다.

나, 떠나가리라
당신이 사는 곳을
나는 알고 있죠

당신이 사랑하는 친구들과
즐겁게 노는 것도 보았죠
그 누가 당신을 따라다녀도
내가 당신의 눈동자 속에
함께 있다는 것을 모를 거예요

나는 커피를 따라 마시며 아버지에게 손을 내밀었다.
"아버지, 담배 한 대만 주세요."
아버지가 담뱃갑과 성냥을 밀어 주었다. 어머니와 누나들은 그것이 못마땅한지 자리에서 일어났다. 아버지는 언제나처럼 슬리퍼를 직직 끌며 2층으로 올라갔다. 지금도 나는 계단을 오르는 아버지의 슬리퍼 소리를 잊을 수 없다. 나는 이미 나갈 준비가 되어 있었다. 그때 아버지가 나를 테라스로 불렀다.
"알았어요. 금방 갈게요."
"지금 오너라."
나는 곧장 2층으로 뛰어 올라갔다.
"부르셨어요?"
아버지는 흔들의자에 앉아 있었다.

"의자를 가져와 가까이 앉아라."

나는 머뭇거리며 머리를 긁적였다. 아버지는 나의 그런 행동을 잘 알고 있었다. 아버지가 나를 보는 눈빛으로 보아 뭔가 좋지 않은 일이 있음에 틀림없었다. 의자를 끌어당겨 아버지 곁에 앉았다.

"지금 바쁘니?"

"아뇨, 무슨 일인지 아시잖아요? 그건……."

아버지는 내 물음에 대답하지 않았다. 대신 내 팔을 잡고 부드럽게 쓰다듬기만 했다. 무슨 말을 하려는 걸까? 혹시 아버지가 지금부터 나를 좋아하기로 한 것이 아닐까? 나는 마른침을 삼키며 아버지의 손이 움직이는 것만 가만히 보고 있었다. 어느새 밖으로 나가야겠다는 마음이 점점 사라지고 있었다. 낮은 목소리로 조심스럽게 입을 열었다.

"저한테 뭘 원하시는 거예요?"

내 팔에 얹혀 있는 아버지의 손은 모든 것을 다 얘기하고 있는 것 같았으나, 아버지는 좀처럼 입을 열지 않았다. 드디어 침묵을 깨고 아버지가 말했다.

"그래, 오늘 기분은 괜찮은가 보구나?"

3. 사랑에 눈뜰 때

"별로요."

"새 여자친구라도 생긴 거니?"

"아직요. 하지만 잘될 것 같아요. 그런데 무슨 말씀을 하시려고요?"

"별로 중요한 것은 아니다. 우리 나중에 얘기하자꾸나."

아버지의 말 속에는 알지 못할 커다란 슬픔이 담겨 있는 것 같았다. 틀림없이 뭔가 심각한 일이 있는 것이다.

"무슨 말씀을 하시려는지 알아요. 굳이 말씀하실 필요는 없어요. 하지만 저도 노력하고 있는 중이에요. 꼬스떼이라 선박회사에서 일손이 필요했기 때문에 배의 화물을 조사하는 검사원 자리를 구할 수 있었어요. 보수는 적지만 아무것도 하지 않는 것보다는 나으니까요. 그 정도면 저에게 필요한 것은 다 살 수 있어요. 어쨌든 그것이 제 직업이니까요."

생각이 정리되지 않아서 차근차근 얘기할 수는 없었다. 그러나 그렇게 과장되게 말하지 않고서는 나를 자제할 수가 없을 것 같았다. 나는 언제나 그렇듯이 그런 식으로 요란을 떨고는 어찌할 바를 몰랐다. 전혀……

"그리고 군복무를 마치면 아주 먼 곳으로 떠날 생각이

에요. 떠돌이가 된다는 것이 슬픈 일이기는 하지만 매사에 아버지와 충돌만 하니……."

아버지가 손에 힘을 주어 내 팔을 잡았다.

"애야, 그게 무슨 소리니?"

내가 코를 훌쩍거리자 아버지가 손수건을 꺼내 건네주며 말했다.

"얼굴을 닦아라. 그리고 너에게 하려는 말은 그런 게 아냐. 바보 같은 녀석."

나는 아무런 생각도 없이 허탈한 심정으로 창 밖에 걸려 있는 밤하늘을 쳐다보았다. 아버지는 부드러운 웃음만 띠고 있었다. 그러나 아버지의 그런 모습이 나를 더욱 슬프게 만들었다.

"사람들이 너에 대해서 뭐라고 하는지 아니?"

나는 무관심한 태도로 고개를 가로저었다.

"사람들이 네가 이 나딸 시에서 가장 잘생긴 청년이라고 한단다. 나는 그걸 무척이나 자랑스럽게 생각하고 있어. 지나간 시간에 대해서는 신경 쓰지 말아라. 너에게는 살아가야 할 시간이 아직 많이 남아 있으니까. 아버지는 너를 믿고 있단다. 너의 장래에 대해서도. 너는 장차 이 사회에 꼭 필요한, 중요한 사람이 될 수 있을 거야."

아버지가 그렇게 멋진 말을 해준 적은 없었다. 나는 그 순간을 참으로 오랫동안 기다려 왔다. 오랫동안 기다려 온 만큼, 이렇게 늦게라도 찾아와 준 그 순간이 너무나 감격스러웠다.

아버지는 조용히 말을 이었다.

"우린 서로 얼굴 보기도 힘들고 이야기를 나누기도 어렵지만, 너는 아직 젊은 데다 능력도 있잖니? 그래, 이제 화가 좀 풀렸니?"

"아버지 때문에 화가 난 것은 아니었어요."

"그러면 여자친구 때문이니?"

"그 집 근처까지 가곤 했어요. 그 후론……."

"그래, 부두에서 하는 일은 어떤 일이냐? 할 만하냐?"

"잡일이에요. 그다지 재미있는 일은 아녜요. 배의 갑판 밑에 있는 창고에서 들어오고 나가는 짐꾸러미를 세고 조사하는 일이에요. 컨테이너 하나에 짐꾸러미가 열두 개씩 들어 있거든요."

"컨테이너라는 것은 또 뭐냐?"

"쇠로 만들어 짐꾸러미를 담는 상자예요. 기중기로 끌

어울릴 수 있게 되어 있어요."

"너는 어디서 그런 것을 다 배웠니?"

"언젠가 제가 새벽에 들어온 날이 있었죠? 그때 아버지는 제가 사창가에서 밤을 보내기라도 한 것처럼 제게 말도 하지 않으셨어요. 바로 그날 이따이떼 호의 갑판에서 언제 어느 것이 필요한지를 배우고 왔던 거예요."

"그러면 왜 그땐 그런 얘기를 하지 않았니?"

"그날 아버지가 무슨 일이 있었는지 물어보지도 않으시고 곧장 화만 내셨기 때문에 말씀 드릴 수가 없었어요."

"담배 피우겠니? 우리 파이프 담배 같이 피울까?"

아버지와 나는 말없이 담배만 피웠다. 난생처음으로 아버지와 담배를 피우는 것 같았다.

"자, 이제 됐으니 네 여자친구를 만나러 가려무나. 너는 내 기대에 어긋나지 않는 훌륭한 아들이다."

"아버지, 특별히 하실 말씀이 있으신 것 같은데 왜 말씀을 안 하세요?"

"내일이나, 아니면 이따 네가 돌아오거든 하마. 그런데 너 돈은 있니?"

"빈털터리죠, 뭐."

3. 사랑에 눈뜰 때

아버지가 만 헤이스짜리 지폐를 꺼내 호주머니에 찔러 주었다.

"여자애들은 영화관에 가는 걸 좋아하지. 함께 가 보렴."

나는 자리에서 일어나 아무 말도 못한 채 나 자신을 자제하지 못하고 아버지의 얼굴에 입을 맞추었다. 아버지의 수염이 내 얼굴을 간질였다. 그런 행동은 내가 여행을 떠날 때나 하던 것이었다.

방에서 나와 말없이 층계를 내려왔다. 그때 아버지가 문 밖까지 배웅해주는 듯한 느낌이 들었다. 그처럼 즐겁고 행복한 기분이 들기는 처음이었다.

씰비아네 집 담 옆에서 걸음을 멈추었다. 인기척이 들렸는지 그 집 하녀가 내다보았다.

"안녕하세요, 씰비아 있나요?"

하녀는 한참 동안 호기심 어린 눈으로 나를 살펴보더니 머뭇거리며 입을 열었다.

"지금 집에 없어요."

하녀는 내가 실망하는 것을 보며 슬며시 웃음을 지었다. 장난을 친 것이었다.

"씰비아는 집에 있어요. 저기 불이 켜진 2층 방 보이죠? 거기에 있으니까 천천히 가 보세요."

"고마워요. 당신은 정말 최고예요. 꽃처럼 예뻐요. 안녕!"

씰비아가 나를 발견할 때까지 나는 그녀의 집 앞을 맴돌았다. 내가 그녀를 향해 멋쩍게 손짓을 하자, 그녀는 친구 두 명과 이야기를 나누다가 마치 '나?' 하고 되묻듯 스스로를 가리켰다. 내가 고개를 끄덕이자 그녀가 재빨리 테라스의 층계를 내려왔다. 그녀의 눈은 마치 맑은 샘물 같았고, 볼에는 귀여운 보조개가 깊게 패어 있었다. 나는 얘기를 어떻게 꺼내야 할지 몰라 잠시 망설였지만, 곧 부끄러워할 줄 모르는 젊음의 뻔뻔함이 나를 부추겼다.

"안녕, 잘 있었어?"

처음부터 얘기가 빗나가는 것 같았다. 악수를 청한 내 손에 그녀의 작고 따뜻한 손이 잡히자 야릇한 느낌이 들었다.

"응, 잘 있었어. 너는?"
"나? 이 근처를 지나가다가 잠시 들렀어."
썰비아가 다소 경계하는 눈치를 보였다.
"나에게 무슨 할 말이라도 있어?"
그녀의 당돌한 물음에서 나는 그녀가 무엇을 확인하고 싶어 한다는 것을 느낄 수 있었다.
"너랑 사귀고 싶어."
썰비아는 어이가 없다는 듯이 몸을 크게 뒤로 젖히며 깔깔거렸다.
"나 사귀는 사람 있는데."
"있기는 뭐가 있어? 벌써 끝났다는 거 알아."
"아냐, 나는 아직도 그 사람을 좋아해."
"웃기는 소리 하고 있네. 너는 나를 사랑했잖아, 그때부터 말이야."
나는 손짓을 하며 말했다.
"그건 내가 소개받은 남자를 만나지 못하게 네가 우리 아버지한테 고자질해서 그런 거야."
"그거야 장난이었지."
"하여튼 난 너하고 데이트 못해."

그러나 내가 바라보고 있는 그녀의 작고 빛나는 눈은 입과는 반대로 말하고 있었다.

"좋아. 그렇다면 그건 내가 사과할게. 그래, 알았어. 잘 있어. 나 갈게."

그녀가 후회를 했는지 즉각 반응을 보였다.

"잠깐만 기다려!"

이 순간을 마다할 남자가 어디 있겠는가. 하지만 나는 내키지 않는 것처럼 천천히 돌아섰다.

"남자친구 이름이 뭐지?"

"네네오."

"네네오는 남자 이름이 아니잖아. 병아리한테나 어울릴 이름인데. 그 친구, 사관학교 제복을 입고 다니는 녀석 맞지?"

"으응, 그래."

"그 친구, 너하고는 별로 오래갈 것 같지 않은데."

씰비아와 나는 할 말이 너무 많은 사람들처럼 잠시 입을 다물었다.

"그리고 말이야……"

"나도 잘 모르겠어."

"넌 그러고 싶지 않단 말이지?"

"그러고 싶어, 그래. 그렇지만……."

우리는 다시 조용해졌다.

"너, 손이 참 작고 예쁘구나!"

씰비아는 황급히 내 손을 뿌리치면서도 살며시 웃음을 머금었다. 그녀의 양볼에 다시 조그만 보조개가 생겼다.

"저기, 나 돌아가 봐야 돼. 너, 까를루스 고메스 극장에서 열리는 사육제● 무도회에 갈래?"

"응, 갈 거야."

그 극장의 입장료가 얼마인지도 몰랐고 가진 돈도 없었지만, 따르씨지우에게 빌리면 된다고 생각했다.

"네네오도 간다고 했어. 하지만 극장이 사람들로 붐빌 테니까, 우린 사람들 눈에 띨까 봐 신경 쓸 필요 없이 춤을 출 수 있을 거야. 자, 그럼 그때 봐. 안녕."

나는 그녀의 손을 꽉 잡았다. 그녀는 테라스 계단을 뛰어 올라갔다. 나와 나눈 이야기를 호기심 많은 수다쟁이 친구들에게 모두 들려주겠지. 어쩌구저쩌구, 조잘조

● 가톨릭의 사순절 전 일주일 간의 축제

3. 사랑에 눈뜰 때

잘…….

나는 맥이 빠져, 쭉 뻗은 길에 아무렇게나 널린 보도블록에 발이 걸리는 것도 느끼지 못하고 터벅터벅 걸었다. 머릿속에서는 시끄러운 전차가 굴러가는 소리를 내듯 노랫가락이 절로 흘러나왔다.

> 나는 아무도 기다리지 않는
> 나의 집으로 돌아가리라
> 기다려 주는 사람 하나 없는
> 나의 집으로 돌아가리라

뭐라고? 사육제가 다가온다고? 그야 오겠지. 좋아, 좋은 일이야! 좋은 일이고말고! 나는 보도블록 가장자리의 튀어나온 부분에 올라가 평행봉 위에서처럼 균형을 잡았다. 기쁘고 즐거운 마음으로 발걸음을 옮겼다.

> 기다려 주는 사람 하나 없는
> 나의 집으로 돌아가리라

그래, 물론 가야지. 하지만 나는 가지 않았다. 전에는 이런 생각이 쉽지 않았지만, 이제는 즐거운 기분으로 갈 수도 있을 텐데…….

광장 벤치에 앉아 하염없이 허공만 바라보았다. 어느새 사람들의 왕래도 줄어 거리가 한산해지기 시작했다. 바람조차 불지 않고 희미한 불빛마저 자취를 감추고 있었다. 마치 이 세상의 모든 것들이 움직임을 멈춘 것처럼 고요하기만 했다. 무수한 별들이 밤하늘을 가득 수놓고 있었다. 시계를 들여다보았다. 벌써 10시 10분이었다. 식구들은 이미 잠들었을 것이다. 갑자기 정신이 번쩍 들어 현실로 돌아왔다. 아버지는, 혹시? 아직 나를 기다리고 있을지도 모른다. 줄담배를 피우며 조용히 테라스에 앉아 기도를 하고 있을 것이다. 나는 집으로 걸음을 재촉했다. 아버지야말로 지금 이 순간에 내게 가장 위대한 사람이고, 도움을 줄 수 있는 사람일 것이다. 그런데 그동안에는 왜 그렇게 싸우기만 했을까? 그것은 내가 진절머리가 나도록 싫어했던 미사나 부활절 행사 같은 교회일에 억지로 참여하게 했기 때문이다. 아니, 꼭 그런 것들 때문만은 아니었을지도 모른다. 어렸을 때부터 학교에서 드리는 미사에는 꼬박꼬박 참석하지 않았던가. 기도문도 어렸을 때부터 외웠고, 아무리 배가 고프더라도 아침 식사 때에는 항상 감사기도부터 하지 않았던가. 언제나, 다른 사람들보다 열심히 많은 기도를 하지 않았던가. 나는 시간이 날 때면 언제나 기도하곤 했었다. 그리고 신부님에게는 또 얼마나 많은(물론 항상 똑같은 것이었지만) 죄를 고백했던가. 혹시 내가 기도를 너무 많이 하고, 죄를 너무 많이 고백하며 성가시게 굴어서 하나님께서 현기증을 느끼신 것은 아닐까? 어쨌거나 이제부터는 절대로 아버지와 충돌하거나 싸우지 않았으면 좋겠다. 내가 인생에서 무언가 훌륭한 일을 할 수 있을 때까지는 말이다. 적어도 이제는 나를 믿고 있거나 믿기 시작한 사람들이 내 곁에 있지 않은가!

그런데 씰비아는? 그녀 생각이 나자 갑자기 걸음이 느려졌다. 한순간이었지만 내가 그녀의 보드라운 손을 살짝 잡지 않았던가? 아니, 마치 이로 물듯 꽉 잡았었다. 이제는 그 빌어먹을 사육제가 가까워 오고 있지 않은가! 한데, 제제, 늦겠다. 어서 집에나 가라.

집에 거의 다 와서 내가 작은 소리로 휘파람을 불었

다. 아버지는 아직 주무시지 않고 붉은 전등 아래 조용히 앉아 나를 기다리고 있었다. 문을 열고 들어가 신발을 벗었다. 한밤중이라 다른 식구들은 모두 잠이 든 것 같았다. 나는 아버지 옆에 앉았다.

"어디 아프냐? 이렇게 일찍 들어오게?"

"벌써 11시가 다 됐는데요, 뭐. 옷 좀 갈아입고 올게요. 방이 무척 더운데요."

"그래라."

잠옷으로 갈아입기도 전에 아버지가 내 방으로 들어왔다. 그리고 내 침대에 앉아서 머리에 깍지를 꼈다. 나는 계속 몸을 꼼지락거렸다. 아버지가 어떤 현실에 부닥쳐 그걸 내게 알리려 한다는 느낌을 받았다. 아버지가 나에게 그렇게 해주는 것이 좋았다.

"어떻게 그렇게까지 살갗이 탔니? 당분간 수영을 하지 말아라. 그러지 않으면 얼마 안 가서 여자들처럼 브래지어를 해야 할 게다."

나는 자랑스럽게 가슴을 치며 말했다.

"이건 모두 근육이라고요."

"그래, 여자친구는 구했니?"

나는 턱을 괴고는 아버지를 향해 가만히 웃기만 했다. 아, 사랑하는 아버지! 어쩌면 저렇게 멋있을 수 있을까? 그러니 어찌 내가 좋아하지 않을 수 있겠는가!

 "구했어요. 그 애한테 다른 남자친구가 있었는데 이제부터는 안 만나기로 했대요. 그 애랑 결혼할까 해요."

 "얘야, 진정해라. 너는 왜 그렇게 모든 일을 즉흥적으로만 생각하니? 너무 지나치게 슬퍼하지 않으면 너무 기뻐하고, 너무 좋아하지 않으면 너무 싫어하고, 수영하지 않을 때는 그저 괴로워하고……. 항상 그렇게 극단적으로 생각하고 행동하는 습관이 있구나."

 "제가 여덟 살이든 여든여덟 살이든 모두들 늘 그렇게 말씀하시죠. 알았어요. 그런데 왜 제 방에까지 와서 그런 말씀을 하시는 거에요? 오늘따라 좀 이상하신 것 같아요."

 "다른 사람들 모르게 너하고만 하고 싶은 얘기가 있단다."

 내가 몸을 일으켜 아버지 옆에 가서 앉았다. 그렇다면 사실인가 보다. 아버지가 나를 다시 본 것이었다. 내가 비밀을 지킬 수 있다는 확신을 가지게 되었다니……. 이

것은 정말 획기적인 사건이었다. 아버지가 진정으로 나를 다시 본 것이다. 전에는 아버지가 내 얼굴을 똑바로 쳐다보는 것조차 싫었지만, 지금은 세상에서 일어날 그 어떤 일이라도 듣지 않을 이유가 없었다. 적어도 나는 지금 그것을 바라고 있었다. 오랫동안 보아 왔던 아버지의 검은 머리에 흰 머리카락이 많이 섞여 있는 것이 보였다.

"이 비밀을 꼭 지켜야 한다. 얼마 후에 내가 수술을 다시 받아야 할 것 같구나."

그 말을 듣자, 나는 가슴이 뜨끔하고 목이 메는 것 같았다.

"다시요? 신장염 때문에요? 아니, 방광염 때문에요?"

"그래. 이번에는 상태가 더 심각한 것 같다. 그래서……."

"그래서요?"

"심장의 상태가 아주 안 좋을 거라고 의사가 담배도 줄이고, 술도 줄이라고 충고를 하더구나. 또 식사도 조절하라고……."

갑자기 어지러웠다. 사실 아버지는 아주 뚱뚱한 편이

었다.

내가 침대에 얼굴을 파묻었다. 알 수 없는 분노가 머리끝까지 치밀어 올랐다. 그리고 갑자기 눈물이 왈칵 쏟아져 내릴 것 같았다.

"수술은 언제 하죠?"

"가능하면 3개월 안에 하게 될 거야."

나는 안도의 한숨을 쉬었다. 아직은 적어도 3개월의 여유가 있다. 아니, 3개월이면 많은 변화가 일어나기에 충분한 시간이었다.

"다 잘될 거예요."

"나도 그러길 바란단다."

그런데 그 순간 어렸을 때부터 한 번도 겪어 보지 못했던 일이 일어났다. 아버지가 내 머리를 천천히 쓰다듬어 주었던 것이다. 아버지가 몸을 뒤척이며 말했다.

"그만 자야겠구나."

"여기 더 계시지 않을래요? 저는 저쪽 침대에 누워도 되는데요."

"아니다."

아버지와 나는 동시에 몸을 일으켰다.

"걱정하지 마라. 아무 일도 아닐 거야. 잘되겠지. 그리고 비밀은 꼭 지켜야 한다."

아버지는 문으로 걸어갔다.

"잘 자라."

"아버지를 위해서 기도할게요."

나는 아버지의 등 뒤로 애틋한 연민의 감정을 보내며 문을 닫았다.

침대에 누워 이리저리 몸을 뒤척였다. 잠은 쉽게 오지 않았다. 잡다한 생각들이 내 머릿속을 혼란스럽게 만들었다. 만일 아버지가 돌아가신다면, 나도 따라 죽을 거야! 입술을 깨물며 다짐했다. 아니야, 그러기에는 아직 이르고, 내 젊음이 너무 아깝지 않은가! 죽음은 생명이 다한 바로 그 순간에 오는 것이니, 죽고 싶다고 신이 준 생명을 마음대로 끝낼 수는 없지 않은가! 어느덧 눈물이 가득 고였다. 빌어먹을! 인생이란 다 이런 것인가. 왜 항상 이런 일은 내가 더는 어찌할 수 없을 때에만 생기는 것일까? 내가 원하지도 않는 일들이 항상 이렇게 다가와야만 하는지……. 몸을 돌려 다른 쪽으로 누웠다. 너무 오랫동안 햇볕을 쬐며 수영을 해서 그런지 무척 피곤했다. 주체할 수 없는 잠에 천천히 빠지기 시작했다. 씰비아가 그 녀석과 연애를 끝낼 거라고 난 확신해. 그리고 사육제, 물론 재미있겠지! 사육제가 시작될 무렵이면 나도 스무 살이 되겠지. 그러면 나는 나 나름대로 삶을 꾸려 나갈 수 있을 것이다. 그러나 만일 내가 결혼을 하지 않는다면, 다른 노총각들처럼 괴팍해지고 히스테리만 늘지도 모른다. 침대가 흔들렸지만 듣기 싫은 소리는 나지 않았다. 불을 끄는 것이 낫겠다고 생각했다. 아버지의 두툼하고 따뜻한 손이 아직도 내 머리에 얹혀 있는 듯했다. 아니야, 아버지는 돌아가시지 않을 거야. 내가 만약 따르씨지우에게 씰비아와의 일을 얘기하면 어떻게 생각할까? 그는 기분이 좋지 않을지도 몰라. 불을 끄기 위해 몸을 일으켰다. 왜 이렇게 잠이 쏟아지는 걸까? 그러나 따르씨지우에게도 아버지의 비밀은 말하지 않을 것이다. 아버지가 나를 진정한 아들로 생각하고 사랑하시는 만큼 약속을 굳게 지킬 것이다. 아, 씰비아……, 불. 깜빡 잠이 들었다. 아주 깊은 잠이었다. 그리고 친구 녀석들…….

누군가가 문을 두드렸다. 어머니가 들어와서 불을 끄며 재촉했다.

"빨리 시장에 좀 갔다 와라."

내가 벌떡 일어나 세수를 하고 이를 닦고는 재빨리 옷을 챙겨 입었다. 시장이 붐비기 전에 다녀와야만 했기 때문에 커피 한 잔을 목구멍에 쏟아 넣고는 급하게 서둘렀다. 오리고기와 끼아부.● 식구들은 끼아부로 끓인 수프를 지겨워했지만 나는 항상 그것이 좋았다. 필요한 것들을 사고 나서, 매일 새벽 미사에 다녀오는 아버지와 아침 식사를 하려고 미친 듯이 서둘러 집으로 돌아왔다. 달려오다시피 해 문을 벌컥 열어젖혔다.

그러나 아버지는 벌써 병원에 출근하고 없었다. 어머니는 짜증스럽게 말했다.

"아니, 오늘은 왜 이렇게 늦었니?"

●아프리카산 끼아베이루나무의 식용 열매. 이것과 마늘, 양파, 새우, 고기 등을 함께 넣고 끓여 '끼아바다'라는 수프를 만든다.

"시장이 너무 붐볐어요."

거짓말이었다. 집에 늦게 돌아온 것은 오는 길에 성당에 들러 아버지를 위해 기도를 드렸기 때문이었다.

"어젯밤에 아버지하고 무슨 얘기를 그렇게 오래 했니?"

"제 결혼 문제에 대해서요."

"뭐라고?"

"여자 친구와 함께 아라구아이아로● 도망을 갈까 하고 생각 중이에요."

"너, 정신이 나갔구나!"

나는 재미있다는 듯이 어머니의 어깨를 툭 치면서 말했다.

"농담이에요. 프란시스꾸 수도원에나 들어갈까 해요."

"어서 아침이나 먹어라. 농담은 그만두고."

● 브라질 중부 고이아스 주에서 발원하여 마뚜그로쓰 주에 이르는, 길이 약 2,000km의 큰 강

4. 첫사랑의 혼란

"네네오가 우리 사이를 눈치 챘어."

"잘됐지, 뭐!"

"내게 화가 난 것 같아 마음이 언짢아. 말 한마디 없이 쎄아라로● 떠나가 버렸거든. 그렇게 화를 내고 갈 필요는 없었는데 말이야."

"이런 바보. 우리가 사흘 동안이나 사육제 무도회에서 얼굴을 파묻고 꼭 붙어 춤을 추었으니 네네오가 우리 사

●브라질 북동부의 주

이를 알아차린 거야 당연하지, 뭘 그래."

"모두가 다 너 때문이야. 네네오는 참 좋은 사람이었는데."

"그만 해 둬. 내가 여기 있잖아. 너는 아무것도 잃은 게 없어."

우리는 쉬지 않고 앙드레 지 알부께르끼 광장을 돌아다녔다.

"저 벤치에 앉았다 갈까?"

"저긴 싫어. 너무 으슥해."

우리가 맞잡고 있는 손은 야릇한 동경과 호기심으로 촉촉이 젖어 있었다. 나는 가끔씩 그녀의 어깨를 팔로 감싸 안았다. 누가 가까이 오기라도 하면, 그녀는 슬그머니 정겨운 내 손길을 떠밀며 이렇게 속삭이곤 하였다.

"가만히 있어, 응?"

우리는 쎄 성당 앞을 지나 주앙 마리아 광장으로 접어들었다. 무화과나무 그늘로 인해 어둑한 곳에 벤치가 있었다. 그 벤치는 우리를 안락한 꿈의 세계로 이끌어 줄 것 같았다. 씰비아도 잠시 쉬어 가고픈 생각이 든 것이었을까? 물론 나는 그녀도 그러길 바랐다.

"너무 피곤한 것 같아. 저기 좀 앉았다 갈까?"

나무로 만들어진 그 둥근 벤치는 우리 둘만 앉을 수 있는 크기였다. 썰비아와 나는 아주 가까이, 거의 붙다시피 앉았다. 그늘 아래의 벤치에 그렇게 꼭 붙어 앉아 있으니까 그녀의 반짝이는 작은 눈밖에 보이지 않았다. 그렇게 앉아 있으니 온몸의 피가 마치 미친 망아지처럼 흥분하여 거꾸로 도는 것 같았다. 그녀의 손이 나의 품 안으로 미끄러져 들어왔다. 그녀의 입술이 가까이 다가왔지만 나는 두려웠다. 슬며시 끌어안고 입술을 훔치기라도 한다면 그녀가 도망갈까? 그러나 내 입술에 키스를 한 것은 바로 그녀였다. 첫 키스였다.

아! 세상이 빙빙 도는 것 같았고, 깊은 꿈 속으로 빠져드는 것 같았다. 머리와 가슴 속에서 윙윙거리는 소리가 들렸다. 바다 같았다. 아니, 바람이었다. 얼마나 달콤한 입맞춤이었던가? 내 몸은 마치 공중으로 둥둥 뜨는 것 같았고, 온몸의 피는 요란하게 고동을 치고 있었다. 아, 이것은 바람에 실려 온 아득한 꿈이 아닌가!

그녀가 갑자기 아무 일도 없었던 듯, 너무나 태연한 말투로 말했다.

"이제 그만 가자, 응?"

나는 그 아득한 꿈이 깨질 것만 같아 그냥 그대로 영원히 앉아 있고 싶었지만 할 수 없었다.

"으응, 그래. 가자."

우리는 잠시 동안 말없이 걸었다.

"씰비아! 넌 악마야!"

"응?"

"네가 내 품 속으로 파고들어 왔잖아."

"그런 말 하지 말고 우리 다른 얘기하자."

"제기랄! 나는 너를 안으려고 일주일이나 기다렸다고!"

"빨리 집에나 가, 응?"

조금 전에 서로 껴안고 입맞춤을 한 우리가 왜 이렇게 손만 잡고 걸어야 하는지……. 그래서 여자는 이상한 동물이야. 씰비아는 그런 상황에서 어떻게 처신해야 하는지를 잘 알고 있는 것 같았다. 그러나 나는 그렇게 더 있고 싶었다. 더 오랫동안 그녀와 달콤한 얘기를 나누고 싶었고, 내 팔로 그녀를 안은 채 달콤하고 환상적인 꿈속에 오래도록 가라앉고 싶었다.

어느새 우리는 그녀의 집 가까이에 이르렀다. 그녀는

단지 내 손만을 잡아 주고는 작별을 하려 했다.

"씰비아, 나는 너를 사랑해!"

"맹세해, 알았지?"

"그럼!"

"내일 올 거야?"

"내일은 오후 3시에 뽀뗑지 강으로 수영하러 갈 거야. 그때 너의 집 앞을 지나갈게. 헤가따 강을 정복하려고 요즈음 날마다 연습을 하고 있어. 매일 오후 같은 시간에 지나갈게."

"늘 같은 시간에 지나간다고?"

"그렇다니까!"

"기다릴까?"

"고마워. 정말 사랑해. 안녕, 잘 있어!"

아침에는 부지런히 시장에 다녀왔다. 평소보다 늦은 점심 식사 때, 아버지와의 비밀을 지키느라 조심하면서 아버지를 바라보았다. 무표정한 아버지는 아무 말도 하지 않았다.

소파에서 깜빡 잠이 들었다가 깨어나 시계를 보니 벌써, 3시가 다 되어 있었다. 나는 누가 또 집안일이라도 시킬까 봐 아무도 모르게 집에서 빠져나왔다.

씰비아네 집 가까이 다다르자 그녀의 작은 체구가 보였다. 우리는 아무 말 없이 바라보며 웃었다. 그녀는 시멘트 담 모퉁이에서 나를 기다리고 있었고, 그 담은 대문까지 이어져 있었다. 나는 시멘트가 발린 담의 첫 번째 구멍에 멈추어 섰다. 우리는 하느님도 듣지 못할 만큼 조그만 목소리로 속삭였다.

"나 좋아해?"

"으응! 너는?"

"나도."

사방을 둘러보니 아무도 보이지 않았다. 지금이다. 내가 재빠르게 그녀에게 입을 맞췄다.

"사람들이 본단 말이야. 이웃 사람이라도 보면……."

나는 다시 입을 맞췄다. 그리고 또 다시. 마지막 입맞춤은 무척이나 길었다.

"조심해, 응? 사람들이 오잖아."

우리는 서로에게서 몸을 떼고는 이야기를 나누는 척했다. 말도 되지 않는 얘기지만 멈추지 않았다. 가끔씩 아는 사람도 지나갔다. 그럴 때는 인사도 했다.

"딱 한 번만 더 해!"

"엄마가 안에 있어. 이제 그만 가."

"딱, 한 번만 더."

한 번만, 딱 한 번만, 정말이야. 마지막으로 한 번만 더……. 그러다가 우리는 어느새 문 앞까지 와 버렸다. 그녀는 집으로 들어가며 아무 일도 없었다는 듯이 말했다.

"수영하러 가는 거니?"

"1,500미터나 되는 헤가따 강을 건너기 위해 맹연습 중이야."

우리의 눈과 얼굴, 온몸의 구석구석은 거짓으로 가득했다. 때로는 이런 거짓과 능청도 즐겁기만 했다.

"손에 들고 있는 게 수영복이야?"

"응, 아주 작은 거야. 볼래?"

내가 손을 오므리자 수영복이 손에 감춰져 보이지 않았다.

"그걸 입으면 창피하지 않니?"

나는 그런 비웃음에는 아랑곳하지 않고 얼굴을 찡그리며 대답했다.

"아니, 전혀."

"너…… 나 사랑하는 거지?"

"그래, 사랑해……."

"나도 사랑해!"

그녀의 눈이 입맞춤할 때처럼 촉촉이 빛나고 있었다. 우리는 눈으로나마 끝없는 입맞춤을 나누었다. 가야만 했다.

밀물이 들어올 때가 더없이 좋았다. 투명한 초록색에 싱그러운 냄새가 나는 강에서, 나의 영혼은 물살을 가르는 두 팔의 감각을 느끼지 못했다. 피로하지도 않았다. 거의 3천 미터 정도를 헤엄치고 나서 작은 쪽배의 뱃머리에 올라타고 클럽회관에 돌아와서도 부둣가를 뛰어다닐 만큼 힘이 남아 있었다. 해가 기울어 쌀쌀한 저녁 바람이 피부에 느껴졌을 때에야 비로소 집 생각이 났다. 저녁 식사 시간에 맞춰 집으로 돌아가 식구들과 함께 저녁을 먹어야 했다.

아버지는 분명 전과는 다른 다정한 눈빛으로 나를 바라보았다. 그는 나의 작은 행동까지 주시하고 있다가 때때로 나와 눈이 마주쳤다. 저녁 식사를 하는 동안 마주 앉은 아버지에게 음식을 건네며 아버지의 웃음을 보았다. 오, 하느님! 아직 아버지는 살아 있었다. 아버지에게 그건 분명 다른 의미일 것이다. 점점 다가오는 아버지의 수술에 대해 물어보고 싶은 것이 많았다. 아버지가 수술 받는 날까지는 한 달하고 20일 정도가 남아 있었다. 나는 아버지와 수술에 관한 얘기를 하지는 않았지만, 무척 겁이 났고 신경도 쓰였다. 시간을 붙잡아 두고 싶었다.

누나가 냉장고에서 물병을 꺼내려고 일어서다가 깜짝 놀라며 말했다.

"어머, 이것 좀 봐!"

누나의 손가락에서는 아주 작은, 나의 수영복이 달랑대고 있었다.

"어우, 민망해. 이런 걸 입다니 창피하지도 않나!"

황급히 집으로 돌아오는 바람에 2층 내 방에다 수영복을 두고 온다는 것을 깜빡 잊고 있었다. 나는 벌떡 일어나 누나의 손에서 그 수영복을 난폭하게 빼앗았다.

"이리 내놔, 이……."

"너, 뭐라고?"

나는 목구멍에까지 욕이 치밀어 올랐지만 가까스로 삼켰다. 이, 뭐냐고? 이 멍청이 같은, 이 빌어먹을 바보야, 이 말라비틀어진 똥 같은 년아! 어머니가 내 팔을 붙잡으며 말렸다. 자리로 돌아와 앉았지만 화가 좀처럼 풀리지 않았다. 언젠가는 저 버릇없는 계집애에게 한방 먹이고 말리라.

"나딸에 사는 모든 사람들이 널 뭐라고 하는지 알기나 해? 부끄럽게 이런 조그만 수영복이나 입고, 구역질 나는 더러운 계집애와 연애나 하고 다니는 녀석아!"

"입 닥쳐!"

그러나 누나는 계속 지껄여대고 있었다. 아버지와 어머니는 누나와 나의 싸움에 진절머리가 났는지 아무 말도 하지 않았다. 그런데 세상 사람들이 나에 대해서 도대체 무슨 말들을 한단 말인가? 이 신앙심 깊은 가톨릭

집안에서 망나니 같은 자식이 나왔다고?

 나는 용감하게 행동하지 못한 것을 후회했다. 그러나 그 순간엔 비겁함 때문에 어떤 행동도, 어떤 말도 할 수가 없었다. 누나의 못된 낯짝에다가 물병, 컵, 냉장고, 전기다리미, 소파…… 뭐든지 던져 버리고 싶었다. 내 안에 있는 악마의 피가 솟구치는 대로 내버려두고 싶었다. 죽여 버리고 싶다는 생각마저 들었다. 하지만 아버지와 했던 비밀스러운 약속을 생각하면 아버지를 속상하게 하고 싶지 않았다. 수술이 얼마 남지 않았기에 아버지를 아프게 하고 싶지 않았던 것이다. 그런 복잡한 감정을 폭발시키지 않으려고 애쓰는 나의 눈에는 어느새 이유를 알 수 없는 눈물이 고이기 시작했다. 그 자리에서 벗어나는 것이 좋을 것 같아 의자를 세게 밀어 젖히며 벌떡 일어났다. 그러고는 씩씩거리며 2층으로 뛰어 올라갔다. 틀림없이 언젠가는 누군가의 목을 졸라 죽일 것만 같았다. 입술을 쭉 내밀고 하느님을 귀찮게 하는 주제에 신앙을 운운하는 저 저주받을 년을……. 납작하고 볼품없는 가슴에, 유행이라고는 개뿔도 모르고, 자신감도 없으며, 쓰레기 빗자루만도 못한 저 년을……. 그녀에게 필요한 것은

4. 첫사랑의 혼란

남자라고! 제 주제도 모르는 것이…….

아버지가 인기척도 없이 2층으로 올라왔다. 나는 의자에서 일어났다.

"앉아도 되겠니?"

"앉으세요."

아버지는 난간에 기대어 서서 말없이 담배를 피워 물었다.

"나가 봐야 돼요."

"어디로?"

"부두에 배가 들어왔어요. 10시부터 거기서 일을 하기로 했어요. 아마 내일 아침 동틀 무렵까지는 못 돌아올 거예요."

"아직 8시도 안 되었잖니. 좀 쉬었다 가지 그러냐."

"괜찮아요. 피곤하지 않아요."

"나하고 얘기 좀 하자."

나는 아버지 옆에 앉았다. 아버지가 내게 권한 담배를 조용히 피웠다.

"일이 힘들진 않니?"

"그렇게 힘들지는 않아요. 12시가 넘으면 눈이 좀 아픈 정도예요. 부둣가의 어두운 불빛이 눈을 아프게 하거든요. 기중기에서 밧줄을 끌어올리는 소리 때문에 긴장도 되고, 하품이 나기도 하지만 실수를 하면 안 돼요. 배 안에서 조사 감독관이 같이 일하고 있기 때문에 물건을 하나라도 잘못 세면 처음부터 하나하나 다시 세야 하거든요."

"꽤나 힘든 일이겠구나!"

"아뇨. 오히려 일이 날마다 없는 게 걱정이에요. 배가 한 달에 서너 척 정도밖에 들어오지 않거든요."

"학교 그만둔 걸 후회하지는 않니?"

"아뇨."

"왜지?"

"모르겠어요. 그 일에 대해서는 얘기하지 않는 것이 낫겠어요."

아버지는 내 마음 속 깊은 곳까지 꿰뚫어 보고 있었다.

"이 집에서는 행복할 수 없다고 생각하고 있는 것 아니냐?"

나는 아버지의 말에 어떻게 대답해야 할지 몰라 머리만 긁적거렸다. 그리고 담배 연기를 길게 내뿜었다. 왜 나는 부드러운 밤바람을 타고 살랑거리는 야자수 잎사귀처럼 될 수 없는 것일까? 아버지의 물음에 뭐라고 대답할 수가 없어 그저 야자수만 바라보고 있었다. 요즈음 나는 아버지의 마음을 상하게 하고 싶지 않았다. 아버지에게 거짓말을 하고 싶지도 않았다. 오, 하느님, 제발 아버지가 돌아가시지 않게 해주세요. 그렇게만 해주신다면 어떤 것이라도 약속할 수 있어요. 헤가따 강에서 헤엄치는 일도 그만두겠어요. 그렇지만 만일 무슨 일이 생긴다면……, 하느님, 당신은 정말…….

"아버지 때문에 그런 것은 아니에요. 믿어 주세요. 누나하고 싸웠기 때문에 그런 것도 아니고, 어머니가 뭐라고 그러셨기 때문에 그런 것도 아니에요. 저 자신이 잘못했기 때문에 그런 거예요. 저는 못돼 먹은 녀석예요."

"네가 곧 어디론가 떠나 버릴 것만 같구나."

내가 아버지의 팔을 힘주어 잡았다.

"왜 그런 생각을 하세요?"

"나는 너의 눈을 자주 봐 왔지. 네 눈에서 여러 가지 불안정한 마음들이 보여서 이 집 생활이 무척 불편하겠구나 하는 생각이 든다. 나딸이라는 도시는 아주 작아.

4. 첫사랑의 혼란

그런데 너의 호기심과 동경은 저 밖의 넓은 세계를 원하고 있잖니?"

"어머니도 이 일에 대해 알고 계신가요?"

아버지는 대답 대신 다시 담배를 입에 물었다.

"너무 많이 피우시는 것 같아요. 벌써 세 대째예요."

아버지가 담배를 부러뜨려 바닥에 던져 버렸다.

"이번 주에는 네 생각이 과연 무엇인지 얘기라도 좀 나누기로 하자."

나는 시계를 보았다. 누군가가 현관에서 간절하게 나를 기다리고 있을 것만 같았다. 아버지는 나의 그런 조바심을 눈치 채고 있었다.

"여자친구라도 오기로 했니?"

"예."

"얘야, 그 일에 대해서 하고 싶은 말이 있단다."

"아버지, 오늘은 제발……. 더는 다투고 싶지 않아요."

아버지는 말을 하지 않았다. 그러자 아버지를 속상하게 한 것 같아 이내 후회스러웠다.

"정 그렇다면 말씀해 보세요."

"내가 몇 가지 얘기를 들었단다."

"전부 제 연애에 대한 거죠? 그 빌어먹을 년의 소동 때문에……."

"네 누이에 대해서 그렇게 말하지 마라."

"어렸을 때부터 쭉 그랬어요. 그 저주받을 누나는 언제나 저를 그물로 옭아매듯 엉망진창으로 만들어 버리고, 제 행동에 대해서 악담이나 해대고, 말만 많고……. 저는 숨어서 수영을 하지는 않았어요. 여자애를 몰래 만나지도 않았고요. 제 마음 속에서는 지금 마치 지옥의 불이 이글거리는 것 같아요. 그런데 지금 조그만 수영복을 갖고 그 난리니……. 만일 제가 살이 쪄서 배가 툭 튀어나왔다면, 이렇게 작은 수영복은 입지 않을 거예요. 그럼요. 하지만 수영하기에 이만큼 편한 것은 없어요. 만약 그 망할 누나가 자기 혓바닥의 반을 잘라 없앤다면 저도 수영복을 길게 할 수 있을 거예요."

"너는 누나와 왜 그렇게 싸우기만 하니? 하나밖에 없는 누인데. 다른 남매들처럼 누나와 영화구경을 한번 갔니, 산책이라도 한번 했니? 너는 누나를 위해 해준 것이 아무것도 없잖니. 내가 어렸을 때는 누나들과 친구처럼 사이 좋게 지냈단다. 그런데 너는……."

4. 첫사랑의 혼란

"전 그렇게 할 수 없어요. 아버지에게 거짓말을 할 순 없잖아요? 내 힘에 부치는 것, 나를 억압하는 것들은 무엇이든 다 증오해요. 내일부터 누나가 나를 그렇게 대하지 않을 것 같아요?"

"네 누이 때문만이 아니야. 그리고 너, 지난 일요일에 바닷가에서 경찰에게 잡혔다면서?"

"그런 일이 있긴 했어요."

그날 바닷가에서 있었던 일들이 주마등처럼 스쳐갔다.

일요일에 우리는 아레이아 쁘레따 해변에 있었다. 바다 안전 책임자 한 사람이 내게 다가왔다. 무릎까지 내려오는 갈색 수영복을 입고 꽤나 불쾌한 표정으로 다가와 손을 허리에 대고는 거만하게 말했다.

"이봐, 그런 수영복 차림으로 해변에 있어선 안 돼!"

나는 모래톱에 앉은 채로 빈정대기 시작했고, 주위에 있던 친구들은 그 광경을 호기심 어린 눈으로 바라보고 있었다.

"왜 안 되죠? 이런 수영복을 입으면 안 된다는 법이라도 있어요?"

"너는 지금 거의 발가벗고 있잖아. 여긴 가족들을 위한 해변이야. 그런 흰 수영복은 집에서나 입어야지 이런 공공 해수욕장에서는 입을 수 없다는 걸 몰라?"

"이 수영복이 흰색이라고요? 흰색과 크림색도 구별하지 못해요?"

"흰색이든 크림색이든 빨리 여기서 사라져 버리라고. 안 그러면 경찰을 부르겠어."

나는 웃기만 했다. 그 불룩 튀어나온 배를 머리로 받아 모래 위에 넘어뜨리고 싶은 심정이었다. 갑자기 내 마음 속에서 못된 성질이 머리를 쳐들기 시작했다.

"좋아요. 불러와요. 여기서 꼼짝도 않고 있을 테니까."

내가 이렇게 말하자, 그 뚱뚱한 노인이 해변도로로 헐레벌떡 뛰어가더니 순찰 중이던 군경 두 명을 불러왔다.

친구들이 말했다.

"제제, 빨리 도망쳐!"

"놔둬, 가까이 올 때까지."

그 뚱뚱한 노인네가 나를 향해 손짓을 하면서 군경들

과 함께 오고 있었다. 내가 친구들 중 한 명에게 말했다.

"내 옷을 메이우 해변에 갖다 놔."

군경들이 점점 가까이 오자, 나는 벌떡 일어나 바다를 향해 뛰어갔다. 그리고 물에 풍덩 뛰어들어 멀리 헤엄쳐 나가서 뒤를 돌아보며 소리쳤다.

"나 여기 있어요. 잡으려면 이리로 와요!"

그 노인은 고래고래 소리를 질러댔다.

"여기서 너를 기다리고 있을 거다. 이 못된 녀석 같으니라고!"

"꽥꽥거리지 말고 잡아 보라고요. 배라도 타고 와 보시지!"

나는 더 멀리 헤엄쳐 나가 메이우 해변 쪽으로 돌아갔다. 그날 나는 밀물 덕분에 3킬로미터는 더 헤엄을 쳐야만 했다. 수영 연습은 잘 한 셈이었다.

"그래, 너는 그날 일을 잘 했다고 생각하니?"

"아뇨. 어쨌든 앞으로는 흰 수영복을 입지 않겠다고

약속할게요. 그런데 경찰이 아버지에게 뭐라고 그랬죠, 그렇죠?"

"그 이튿날 경찰서장이 미사에 왔다가 얘기를 하더구나. 그 사람도 마리아나 선교회 신자거든. 그것뿐만이 아니다. 지난번 언젠가는 밤에……."

"네, 알고 있어요."

그날 밤 씰비아와 나는 쎄 성당 뒤편, 무화과나무 그늘로 어둑한 곳에 함께 있었다. 그날도 여느 때처럼 달콤한 얘기를 하고 있었다.

"나 사랑해?"

"물론이지, 너는?"

"꼭 말로 해야 돼? 물어볼 필요도 없잖아?"

그러면서 입을 맞추고, 껴안고, 손으로 얼굴을 비비며 감싸곤 했다. 황홀한 사랑의 행복이 우리의 눈을 멀게 하는, 그런 순간이었다. 아, 이 세상은 얼마나 좋은 곳인가! 사랑 외에 그 어떤 것도 존재하지 않았다. 단지 우리

둘만 있는 세상이었다. 우리의 황홀한 입맞춤은 끝없이 계속되었다. 짧고, 촉촉하고, 영원한 입맞춤만이……

"네가 나를 버린다면, 난 죽어 버릴 거야!"

"나도 그래."

"그런데 너, 어젯밤에 이보니체하고도 이랬다며?"

"무슨 소리야? 걔가 그러자고 해서 그랬을 뿐이야. 우리 싸우지 말자. 왜 그런 일로 시간을 낭비해?"

그러면서도 우리의 입맞춤은 계속되었다. 사실 그때 나에게는 그녀와 함께 영화구경을 갈 만한 돈이 없었다. 그래서 썰비아의 오빠가 우리를 찾지 못할 정도로 어두운 곳에서 시간을 보내는 수밖에 없었다. 그런데 그때 갑자기 어떤 그림자 하나가 우리 앞에 우뚝 섰다.

"이런 고약한 것들 같으니라고! 여기서 지저분하게 연애질이나 하다니!"

그 사람은 다름 아닌 마리아나 선교회의 책임자였다. 나는 벌떡 일어서서 화를 내며 말했다.

"당신이 무슨 상관이에요!"

그런데 그 사람은 아버지의 친구였고, 나를 알아보는 것 같았다. 그래서 내가 급히 머리카락을 쓸어내려 얼굴을 덮었지만, 일이 꼬이려 했던지 결국 그가 알아차리고 말았다. 빌어먹을! 왜 우리 일에 끼어든단 말인가! 우리를 알아보았으면 오히려 얼굴을 돌렸어야 하는 게 아닌가.

"아니, 이게 누구야? 너는……."

누구이건 말건 그게 뭐 어떻단 말인가. 세상이 옳다고 말하는 삶이나 다른 사람들이 도대체 무슨 상관인가. 아쉬운 우리의 시간을 그렇게 빼앗기고 만다는 것은 있을 수 없는 일이었다. 잠시 후면 씰비아가 집에 들어갈 시간이 아닌가! 우리는 헤어짐의 안타까움을 또다시 달콤한 입맞춤으로 달랠 수밖에 없었다.

"그 사람이 아버지께 모두 얘기했어요?"
"얘기했다. 그 애는 도대체 몇 살이니?"
"열여섯 살이 돼요."
"그럼 어울리지 않아. 그런 어리석은 짓일랑은 끝내야 돼."
"우린 결혼할 거예요. 저도 이제 어른이잖아요."

"누구와 결혼한다고? 어떻게, 무슨 수로? 너는 아직 직업도 없잖아."

아버지의 말에 나는 풀이 죽어 고개를 숙였다. 어째서 이 빌어먹을 놈의 세상은 이다지도 끔찍하고, 기괴하고, 이해타산적이며, 불신으로 가득한 걸까? 하지만 나는 아버지의 말에 뭐라고 항변할 수도 없었고, 그럴 의욕도 잃어버렸다. 이놈의 도시, 말 많은 작은 도시.

"이제 가거라. 안 그러면 늦겠다. 나중에 좀 더 얘기하자꾸나."

갑자기 알 수 없는 슬픔이 밀려왔다. 이런 마음으로 밤새도록 화물 검수 작업을 해야 하다니. 슬픔이 걷잡을 수 없이 나를 무너뜨리는 것 같았다. 빌어먹을! 개떡 같은!

"오늘 밤은 집에 못 올 거예요. 그러니 편히 주무세요."

5. 약속

"음, 넌 영화만 보고 있지, 지금?"

우리는 낡아 빠진 로열 극장 2층에 아교를 칠한 듯 달라붙어 영화가 끝나는 시간이 오지 않기를 애타게 바라고 있었다. 로열 극장은 오래된 영화관이라 필름 한 통이 다 돌아가면 그때마다 장내에 불이 켜졌다. 그러면 영화가 상영되는 동안 소곤거리며 사랑을 나누던 모든 연인들이 일순간에 자세를 바르게 고쳐 앉았다.

씰비아는 나의 얼굴을 애무하고 있었다. 아무 말도 않고 있던 나는 갑자기 목이 메는 것 같았다.

"지금 울고 있는 거야? 왜 그래? 무슨 일 있어?"

괴로워하고 있는 나를 위로해 주려는 듯이 그녀가 나를 더욱 꼭 껴안았다.

"나갈까, 우리?"

"그래, 나가자."

씰비아가 우리를 따라온 그녀의 여동생에게 그만 나가자고 했더니 그 아이가 짜증을 냈다. 그녀는 언제나 남동생이나 여동생을 데리고 나왔다. 여동생을 데리고 나올 땐 모든 것이 순조로웠다. 여동생은 영화에 정신이 팔려 우리를 훼방 놓을 틈이 없었기 때문이다. 하지만 남동생과 같이 있을 때는 그렇지 않았다. 그 녀석은 눈에 불을 켜고 우리들의 행동 하나하나를 빈틈없이 감시했기 때문에 그 녀석과 함께 있을 때에는 행동을 철저하게 조심해야 했다. 그런데 녀석은 서부영화라면 사족을 못 썼다. 그래서 우리가 방해받지 않고 감시당하지 않기 위해서는 반드시 서부영화를 봐야 했다.

우리는 천천히 걸었다. 씰비아의 작은 얼굴은 내가 무슨 말이라도 해주기를 기다리는 듯 걱정스러운 표정을 하고 있었다. 그녀가 참지 못하겠던지 마침내 아주 조심스럽고 다정하게 말했다.

"왜 그래? 네 아버지 건강이 나빠지신 거야?"

"응? 응."

그녀는 내 손을 끌어 화장을 한 자기 얼굴로 가져갔다.

"아버지가 입원하실 것 같아."

"내가 기도할게."

씰비아가 아버지를 위해 기도한다는 것은 전혀 다른 일인지도 모른다. 세상 사람들이 씰비아와 나에 대해서, 특히 그녀에 대해서 비난하는 것과 아버지의 병은 아무런 상관이 없었다. '행실이 아주 나쁜 계집애래요. 언젠가 시장에서 그 계집애를 봤어요. 바람이 세게 불어 옷이 펄럭거리는데, 아니 글쎄, 속옷도 안 입고 있잖아요!' 그러나 아버지가 씰비아를 싫어하는 이유는 다른 데 있었다. 그것에 대해서는 생각조차 하고 싶지 않았다. 왜 이 세상 사람들은 다른 사람에 대해서 험담을 하거나 훼방 놓기를 좋아하는 걸까? 우리들은 어린애가 아니었다. 씰비아는 열일곱 살의 어엿한 숙녀고, 나는 스무 살의 건장한 청년이 아닌가! 차라리 중세 시대에 태어났더라면 좋았을 텐데. 로미오와 줄리엣도 열여덟 살과 열네 살이 아니었던가. 빌어먹을 놈의 세상 같으니라고!

"집에 가 봐야 할 것 같아. 아버지가 심한 열병으로 고생하고 계셔."

"그래, 빨리 가 봐."

아버지의 열병이 이상한 증세를 보이기 시작했다. 수염이 텁수룩한 얼굴은 아주 붉게 보였고 체온은 무려 40도까지 올랐다. 이리저리 뒤척이며, 정신착란자처럼 미친 듯이 헛소리도 했다. 아버지는 다음날 찬물로 샤워를 하고 나서야 기분이 조금 나아진 듯 웃음을 보였다. 식구들은 지난밤 아버지의 증세에 대해서는 아무 말도 하지 않았다.

다음날 아버지는 여느 날과 다름없이 미사에 다녀와서 아침을 드시고 조용히 병원으로 갔다. 아버지는 알리에나두스 병원의 과장이었다. 나는 가끔 오후에 병원 앞을 지나면서, 환자가 없는 틈을 타 다른 의사들과 함께 담배를 피우며 쉬고 있는 아버지를 볼 때가 있었다. 그때 검은머리 위에 수술용 흰 모자를 쓴 아버지가 병원 건물 옥상에서 나를 내려다보며 말했다.

"어디 가는 거니?"

나는 짧은 수영복을 흔들어 보이며 대답했다.

"수영센터에 연습하러 가요."

나는 주먹을 불끈 쥐는 시늉을 했다. 그러면 아버지는 손짓을 하며 빙그레 웃어 주었다. 아버지의 그 웃음은 마치 '이런 떠돌이 같은 녀석!'이라고 말하는 것 같았다.

어머니는 주사를 놓느라 신경이 꽤나 날카로워져 있었다. 그 곁에서 나는 입을 다문 채 아버지의 쾌유를 기원하고 있었다. 제발, 안색이라도 정상으로 돌아왔으면……. 아버지의 신음이 점차 작아지고 호흡도 안정을 되찾고 있었다. 아버지가 눈을 가늘게 뜨고 잠시 우리를 둘러보다가 입을 열었다.

"물 좀 줘."

아버지의 잠옷은 땀으로 흠뻑 젖어 있었다. 어머니와

나는 아버지의 잠옷을 갈아입혀 드렸다. 아버지는 다시 깊고 편안한 잠에 빠져들었다. 그렇게 누워 있는 순간의 아버지 모습은 나에게 따뜻한 애정을 느끼게 했다.

"애야, 이것 좀 주려무나."

"여기 있어라."

"오늘도 수영하러 갈 거냐?"

아버지는 내 손을 잡은 채로 잠이 들었다. 잠시 후 그의 손이 반쯤 벌어지면서 내 손이 저절로 미끄러졌다. 그럴 때, 어떤 이기심이 나로 하여금 아버지의 다정한 마음을 저버리게 하는 것 같아, 아버지가 계속 아팠으면 하는 이상한 생각도 들곤 했다. 하지만 그것은 사실 내 마음이 아니었다.

그날 밤 아버지의 병세가 더욱 나빠졌다. 상태가 너무 안 좋았다. 의사들이 몰려왔다. 나는 의사들에게 아무것도 묻고 싶지 않았다. 마치 집이 병원이 된 것 같았다. 병원! 고약한 병원이었다. 나는 방 밖으로 밀려나 방문 근처에서 서성댔다. 의사들은 물수건을 들고 목욕탕을 들락날락하고 있었고, 욕실에서는 수도꼭지가 계속 졸졸거리는 소리를 내고 있었다. 나는 멍하니 담배 연기를

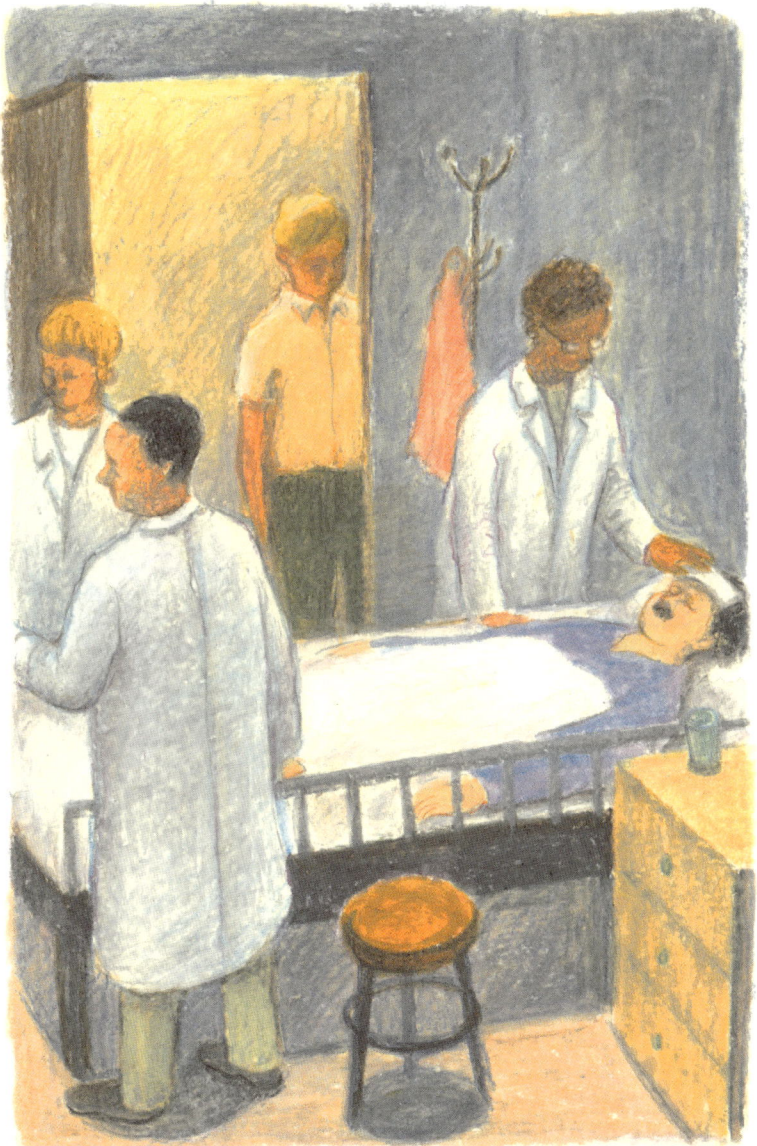

허공에 뿜어댔다. 의사들은 분주히 움직였다. 그들은 알 수 없는 의학 용어로 이야기를 나누며 그들 나름대로 직업적인 소명을 다하고 있었다. 내가 어찌해야 할지 몰라서 머리를 긁적거리고 있는 동안에도 시간은 흘렀다. 그러나 시간은 아무 의미 없이 흘러가고 있었다. 시계 바늘은 그저 잔인하게 돌아가고 있을 뿐이었다.

새벽녘이 되어서야 아버지는 겨우 조금 나아진 것 같았다. 그제야 의사들은 피곤한 몸으로 돌아갔고, 나는 문밖까지 그들을 배웅했다. 도시는 아직 잠에 빠져 있었다. 멀리서 성급한 수탉이 참을성 없게 아침을 알리고 있었다. 2층 계단을 올라가려는데 아버지가 나를 찾는다고 누나가 전해 주었다. 아버지는 창백한 얼굴로 침대에 누워 가쁜 숨을 몰아쉬고 있었다. 아버지가 나에게 침대를 가리키며 앉으라고 했다.

"아버지, 괜찮으세요?"

나는 아주 조그맣게, 하느님이나 겨우 들을 만한 소리로 물었다. 그 목소리는 어느 누구도 우리를 질투하지 못할 만큼 낮은 소리였다.

"응, 괜찮다. 몇 시나 됐지?"

"3시 30분쯤 됐어요."

"그만 가서 자라. 잠을 자지 않으면 아침에 수영 연습하기가 힘들 거다."

잠시 후에 아버지는 눈을 감았다. 이내 머리가 기울며 깊은 잠으로 빠져들었다. 나는 잠시 움직이지 않고 있다가 소리 없이 몸을 일으켰다.

'가야지. 아냐, 가면 안 돼. 가야 해. 아냐, 그럴 수는 없어. 하지만 이 바보야, 뭘 꾸물거리는 거야? 용기를 내!'

나는 멍하니 봉 제주스 교회를 바라보았다.

'빨리 가란 말이야. 이 바보야, 뭘 기다리고 있는 거야? 지금은 아무도 없잖아.'

내 마음이 갈피를 못 잡고 흔들렸다. 부질없는 생각이지. 누가 있건 없건, 그게 무슨 소용이란 말인가? 아무도 내가 무엇을 하려는지 모르지만 하느님은 알고 계시겠지. 아니, 오로지 하느님만이 알고 계실 뿐이야. 하느님만 계시는데 왜 바로 여기서 말하지 않는 거지? 그러한 자각이 나를 점점 떠밀고 있었다.

 두어 발짝 앞으로 걸어 나갔다. 시계를 보았다. 3시였다. 연습 시간이다. 쿵, 쿵, 쿵⋯⋯. 시계 바늘이 마치 내 마음을 쿵쿵 때리는 것 같았다. 가야지. 아니야. 안 가겠어? 성당의 중앙문은 닫혀 있었지만 옆문은 반쯤 열려 있었다. 안으로 들어갔다. 초록색의 성수 그릇이 보였고, 가득 채워지는 일이 결코 없을 것 같은 헌금함도 눈에 띄었다. 가슴이 마구 두근거렸다. 아무도 없었다. 나는 이마에 흐르는 땀을 닦았다. 발소리가 유난히도 크게 들렸다. 사람들이 무릎을 꿇고 앉아 기도를 드리던 의자들은 텅 빈 채로 나란히 정돈되어 있었다. 한쪽에 제단이 있었다. 제단으로 오르는 나의 발걸음만이 유일하게 살아 있는 것이었다. 촛불만 타오르고 있었다. 불꽃은 꼿꼿이 올라가 바람에도 흔들리지 않았다. 단지 촛농만 촛대 위로 한 방울씩 떨어지고 있었다.

 내가 계속 걸어가 중앙 제단 앞에서 걸음을 멈추고 문득 뒤를 돌아보았다. 아무도 없었다. 나는 성인들이 내려다보고 있는 쪽 벽을 두려움에 찬 눈으로 둘러보았다. 아무도 없어 조용하고 평화로운 분위기였다. 나는 중앙 제단 한가운데에 섰다. 감실에는 붉은 등이 켜져 있었다. 나는 무릎을 꿇고 기도를 했다. 꽃과 초는 하느님의 고독이 숨겨진 듯한 향기를 내뿜고 있었다. 그러나 나는 그 향기의 진정한 가치를 느낄 수가 없었다. 하느님이 혹시 나의 기도를 들어주지 않을까…….

'오늘은 누구한테도 져서는 안 돼. 절대로! 승리는 우리 것!'

사방이 사람들로 가득했고, 한바탕 웃음이 터져 나오는 잔치판 같았다. 수영클럽이 전부 모였다. 스뽀르찌 팀, 센뜨루 나우찌꾸 팀은 물론 해군사관학교 생도들도 참가했다. 수영에 관한 한 그들은 전문가였다. 사람들은 소란스럽게 지껄이고 있었고, 물은 차가웠다. 붉은색, 검은색, 흰색의 수영복들이 내 눈 앞에서 현란하게 움직이고 있었다. 모터보트가 다가오고 있었다. 심판도 일렬

● 예수의 몸을 상징하는 밀떡을 보관해 두는 곳으로, 밀떡이 있음을 나타내는 붉은 등이 항상 켜져 있다.

로 정렬했다. 뽀뗑지 강의 어구는 부둣가에서부터 사람들로 붐비고 있었다. 팡파르가 울리고 폭죽까지 터졌다. 저 멀리서 헤무스가 몸에 물을 축이다가 내게 박수를 치고 가슴을 두드렸다. '자, 잘해 보자고!' 사람들이 끊임없이 치솟는 폭죽 아래에서 노래를 부르고 소리를 질러대고 있었다. 승리자를 축하하려는 사람들의 아우성이 격렬했다. 선수들은 시합이 시작되기를 기다리고 있었다. 호흡 조절과 사명감 그리고 냉정이 필요한 순간이었다. 모터보트가 수영시합을 통제하고 있었다. 우리는 대기실에 앉아 잡담을 하며 힘을 아끼고 있었다. 그 중에는 다리를 주무르는 사람들도 있었다. 1,500미터를 헤엄쳐 간다는 것은 결코 쉬운 일이 아니다. 다리에 쥐가 날지도 모른다. 나는 의자에 누워 다리를 쭉 펴고 손을 머리에 얹은 채 눈을 감고 있었다.

사람들이 외치는 소리, 음악 소리, 폭죽 등이 나를 어지럽게 했다. 열광, 바로 그것이었다. 모든 사람들이 기대에 찬 눈으로 나를 보고 있는 것 같았다. 밖으로 나가서 나의 진가를 보여 줘야지. 나는 남들보다 100미터쯤은 충분히 앞설 수 있을 것이다. 문제는 물살의 리듬을 잘 타는 것이다. 그리고 마지막에 방향을 바꾸어야겠지. 그리고 물 밖으로 나오면 2미터도 채 안 남았겠지. 나는 물 밖으로 나와 크게 숨을 들이마시고 있을 것이다. 그 때 거의 알몸인 내 몸뚱이에 걸친 아주 작은 수영복이 사람들의 화젯거리가 되겠지만, 지금 도대체 누가 그런 데 신경을 쓰겠는가? 만일 내가 발가벗은 채로 수영을 했더라면, 사람들은 구릿빛이 도는 건강하고 아름다운 내 몸을 보았을 것이다. 또다시 야릇한 자만심이 나의 마음 속에서 꿈틀거리는 것 같았다.

반대편 쪽으로 모터보트가 굉음을 내며 미끄러지고 있었다. 자, 이젠 모든 준비가 되었다. 출발선에 섰다. 나는 크게 심호흡을 했다. '제제, 씰비아가 너를 자랑스러워할 거야!' 그것만 명심하고 다른 것은 전혀 생각하지 말자!

나는 있는 힘을 다해 팔과 다리를 휘저으며 힘차게 앞으로 미끄러져 나갔다. 힘을 내자! 좀 더! 더 빨리! 물속으로 돌진해 갔다. 참가한 사람은 누구나 오로지 우승만을 생각하는 것 같았다. 부두에서 레폴레스까지 오면서 숨을 몇 번 쉬지도 않았다. 그 동안 두 배로 열심히 연습을 한 덕분이었다. 마지막에는 거의 죽을 것 같은 현기증이 났다. 이미 시합이 끝난 줄도 모르고 끝까지 헤엄쳐 나간 나는 보트 위로 올라가 팔을 몸에 꼭 붙이고 있었다. 숨을 쉬고 싶었고, 눕고 싶었다. 사람들의 환호성이 들렸다. 귀가 멀 것 같은 환호성이었다. '와, 정말 잘하는데! 와, 와!'

하느님의 고독이 숨겨진 감실 뒤의 붉은 전등은 어떤 의미가 있는지…….

"제가 하느님께 말씀 드리고 싶은 것은 바로 그것입니다. 나는 모든 것을 포기하겠습니다. 눈물도 이젠 말라 버렸답니다. 두고 보세요. 이제부터는 수영도 하지 않겠습니다. 약속합니다. 그러니 하느님, 아버지의 수술이 잘되도록 도와주세요, 예?"

나는 겸손하고 경건한 마음으로 기도를 드렸다.

"저는 하느님께서 모든 것을 당신 뜻대로 하신다고 알고 있습니다. 그렇지만 그 계획을 조금만 바꿔 주십시

오. 다른 사람들에게는 시치미를 떼고 천천히 헤엄치겠습니다. 우리 클럽이 실망할지도 모르지만, 그들에게는 거짓말을 하겠습니다. 의사 선생님이 내게 심장이 좋지 않으니 수영을 하지 말라고 했다고요. 제가 그렇게 거짓말이라도 하는 것이 낫다고 생각하시지 않습니까?"

나는 떨리는 손으로 흰색의 작은 종이꾸러미를 꺼냈다. 그것은 작은 수영복을 싼 종이꾸러미였다. 무엇인가 꺼림칙한 것보다는 그러는 편이 더 나았다. 내 눈을 보세요. 당신은 아실 겁니다. 내가 그 종이꾸러미에 쓰인 글을 읽어 내려갔다.

"약속! 이는 깨뜨리지 않는 것. 사소한 일이라도 영원히 깨뜨리지 않는 것이다."

머리를 숙인 채 성당을 나왔다. 성당을 청소하는 여신자가 나의 비밀을 누설하지는 않을 것이라고 믿었다. 나는 태양을 따라 걷고 있었다. 내 머릿속에서 무엇인가가 피를 줄줄 흘리며 죽어 가고 있는 것 같았다.

쉰넷, 쉰다섯……, 백스물둘……, 천삼백삼십오……, 복도를 이쪽에서 저쪽으로, 다시 이쪽으로 5만 걸음쯤은 오락가락한 것 같았다. 나는 수술실 앞을 빙빙 돌고 있었던 것이다. 갑자기 수술실 창 뒤로 어떤 그림자가 나타난 것 같아 뒤를 돌아보았지만 아무것도 없었다. 아직 수술은 끝나지 않았다. 도대체 끝날 것 같지가 않았다. 어머니는 성당에서 기도할 때보다 더 오래 기도를 하고 있었다. 아니, 기도를 한다기보다는 차라리 울고 있다는 것이 더 정확할 것이다. 해는 점점 기울고 있었고 손은 차츰 한기를 느끼고 있었다. 나는 담배를 피우고 싶었다. 복도를 따라 수도 없이 왔다 갔다 해서인지 다리가 아파 왔다.

그때, 수술실의 문이 열리고 의사가 나왔다. 의사는 수술 모자를 벗고 이마에 흐르는 땀을 손등으로 닦았다.

"어떻습니까, 선생님? 잘됐나요?"

의사가 조용히 웃음을 짓자, 나의 걱정과 불안이 조금

은 누그러졌다.

"수술이 거의 다 끝나 가고 있네. 이제 곧 병실로 옮겨질 거야."

나는 어머니에게 알리겠다고 했다.

"아니네. 자넨 여기 그냥 있는 게 좋아. 아버지는 괜찮으시니까 병실로 옮긴 다음에 내가 어머니를 찾아뵙겠네."

아버지를 실은 침대가 복도로 나왔다. 아버지의 얼굴은 창백했고, 입을 반쯤 벌린 채 힘들게 숨을 쉬고 있었다. 아버지의 온몸에서 마취약 냄새가 났다. 침대를 밀고 있는 간호사들에게 내가 마음속으로 간절히 말했다. '조심해요. 조심해서 밀라고요. 흔들리지 않도록 좀 더 조심하라고요.'

나는 그때 더없이 슬프게 울었다. 울고 또 울었다. 그냥 그러고 싶었다. 두 다리의 힘이 쭉 빠져 버리는 것 같았고, 이마에서는 땀이 줄줄 흘러내렸다. 그날 밤은 그렇게 걱정과 불안으로 지샜다. 모든 것이 확실했다. 그런데 도대체 무엇이 확실하단 말인가? 의사들이 잘못을 저지르기라도 했다면? 아버지가 심장에 주삿바늘을 꽂은 채로 서서히 죽어 가고 있는 것은 아닐까? 잠을 못 잔

어머니의 눈빛과 나의 신경과민 속에서 날이 밝았다. 새 날의 밝음은 언제나 어둠의 공포를 물리쳐 주곤 하였다.

아버지는 굉장히 무기력한 상태로 이틀을 보냈다. 그러고 나자 조금 나아진 것 같았다. 하느님께서 지난날의 내 잘못들을 기억에서 모두 없애시고는 나의 기도를 들어주신 것 같았다. 하루하루가 빠르게 지나가고 아버지의 병세도 차츰 호전되고 있었다. 이제 아버지는 식사도 하고, 조금씩 얘기도 했으며, 혈색도 차츰 나아지는 것 같았다. 나는 가능한 한 아버지 곁에서 떠나지 않으려 했다.

"제제야!"

"네."

"집으로 돌아가고 싶다. 여긴 파리들이 너무 극성을 부려."

나는 파리들을 쫓았다.

"게다가 이놈의 파리들이 내 머리 근처에서 날아가질 않는구나."

"파리들이 그러는 게 우리와 얘기하고 싶어서래요. 좋은 방법이 있어요. 주무시는 동안에 파리들을 쫓아 버릴

게요."

"어떻게?"

"머리에 기름을 바르면 파리들이 미끄러져 버릴 거예요."

"얘야, 농담은 그만 해라. 내가 웃을 수가 없잖니. 별소리를 다 하는구나."

"파리들은 제가 쫓을 테니 한숨 주무세요."

아버지가 눈을 감았다. 그리고 어둑해질 무렵에 다시 눈을 떴다.

"아직까지 여기 있었구나. 네 엄마는 어디 갔니?"

"어머니는 집에 가셨어요. 집에 가서 쉬시라고 말씀 드렸어요. 가져와야 할 게 있기도 하고, 집에서 하실 일도 있는 모양이지만 곧 돌아오실 거예요. 뭐 필요한 거라도 있으세요?"

"그래, 방에 불 좀 켜 주겠니?"

불을 켜고 나서 의자를 끌어당겨 아버지 옆에 앉았다. 아버지는 내 손을 잡고 말했다.

"내 마음이 자꾸 약해지는 것 같구나, 얘야."

"힘든 수술을 하셨으니까 그렇겠죠. 이제 곧 회복되실

거예요. 많이 아프세요?"

"아니, 그렇지는 않다. 누워만 있자니까 몸이 뻐근하고, 등이 배기는구나. 이 담요가 땀에 젖은 것 좀 봐라."

"그러네요. 제가 아버지 등에 분을 발라 드릴 테니까, 제 목을 잡고 계세요."

"그래 주겠니?"

아버지를 일으켜 조심스럽게 등에 분을 발라 드렸다. 유리를 만질 때보다 더 조심스럽게, 마치 세상에서 할 수 있는 최대한의 주의를 기울이듯 정성을 다했다. 그리고 다시 눕히자 아버지가 낮은 신음을 냈다.

"괜찮아요?"

"그래, 아주 좋구나."

"우유 좀 드시겠어요?"

"조금 있다가 마시마."

아버지가 다시 내 손을 잡고 말했다.

"얘야!"

"네?"

"너에게 한 가지 부탁이 있다."

아버지의 그 말이 마치 내 가슴을 찌르는 창처럼 느껴

졌다. 아버지의 부탁이 무엇인지를 대충 짐작했기 때문이었다. 그러나 기도까지 하며 어떤 불평도 하지 않겠다는 약속을 한 이상, 아버지의 말을 들을 수밖에 없었다.
"말씀하세요."
"나는 네가 그 애와 그만 만났으면 좋겠다. 옳지 않아. 너희들은 사랑을 하기에는 너무 어리고, 아직은 사리를 잘 가리지도 못하니 말이다. 무슨 대답이라도 해주겠니?"
나는 고개를 숙이고 아버지의 손을 잡아 내 얼굴로 가져갔다. 내가 그렇게까지 겸손했던 적은 없었다.
"그렇게 하길 원하세요, 아버지?"
"중요한 것은 시기라고 생각한다, 애야. 지금은 내가 그렇게 원하고 있단다."
눈물을 보이지 않으려고 애썼다. 그렇다면 나는 어느 누구도 사랑할 수 없단 말인가? 세상은 참으로 이해할 수 없는 곳이다. 내가 고개를 들어 아버지를 바라보았다.
"나를 미워하지 마라, 애야. 그런 눈으로 나를 보지는 말아다오."
아버지의 그런 부탁이 내겐 너무나 큰 충격으로 다가와 그 자리에서 움직일 수조차 없었다. 나는 앞으로 어

5. 약속

른이 된 뒤를 망연히 생각해 보았다. 언젠가 나도 자식이 생기면, 이렇게 말할 수 있을까?

바로 그때, 지금까지 내가 단 한 번도 보지 못했던 일이 벌어졌다. 그것은 전혀 생각하지 못했던 일이었다. 아버지의 두 눈에서 눈물이 흘러내리고 있었던 것이다. 아버지는 얼마나 고통스운 걸까? 얼마나 고통스럽기에 눈물을 다 흘리는 것일까? 나는 주머니에서 손수건을 꺼냈다.

"울지 말고 눈물 닦으세요. 제가 왜 아버지를 미워하겠어요? 오늘 당장 그 애와 관계를 끊겠다고 약속하겠어요. 늦어도 내일 오후까지는요."

그러나 내 마음 속의 작은 악마는 이렇게 빈정댔다. '내일은 일요일이야. 너희들은 내일 오후에 공원에서 만나기로 했잖아. 너희들은 극장 갈 돈이 없어서 같이 있지도 못했잖아?'

아버지가 내 얼굴을 끌어당겨 입을 맞춰 주었다.

"고맙구나, 얘야."

나는 다시 의자에 앉았다. 이 세상의 모든 즐거움이 사라지는 것 같았다. 세상에는 왜 이렇게 공평하지 못한 일들이 많은지……. 내가 애써 웃음을 지으며 말했다.
"푹 주무세요. 감정이 너무 격해지신 것 같아요."
보름 후 아버지가 집으로 돌아오셨다. 집으로 돌아온 아버지는 살살 걷기도 했다. 나는 아침마다 아버지에게 신문을 가져다 드렸다.
"오늘은 일요일인데 헤가따 시합에 안 가니?"
"네."
"왜? 연습이 없는 거니?"
"아뇨, 그냥 기분이 좀 그래요."
"이런 바보 같은……. 사흘 동안 너는 그렇게 적대감에 차서 시위를 하고 있잖니. 모든 걸 이겨 내야지."
그러나 나는 양심의 가책도 없이 거짓말을 했다.
"그게 아니라, 1,500미터 시합에는 경쟁자가 없어요. 혼자서 시합을 해야 하니까 하나마나죠, 뭐. 가장 긴 코스가 겨우 800미터인데 포기했어요. 뼈 빠지게 연습했는데 내가 바라던 1,500미터의 반만 헤엄치는 건 말이 안 되잖아요."
"그 시합에라도 참가하는 것이 좋지 않겠니?"
"아뇨, 괜히 나 때문에 다른 사람들까지 피해를 입게

하고 싶지는 않거든요."

 아버지가 내 말을 더는 듣지 않고 신문으로 눈을 돌렸다. 나는 밖으로 나와 무작정 걷기 시작했다. 거리는 텅 비어 있었다. 내가 서서히 죽어 가고 있다는 것을 아는 사람은 아무도 없을 것이다. 근래 들어 눈에 띄게 마른 것도 아버지의 건강이 걱정되기 때문이라고 거짓말을 할 것이다. 나는 노래도 부르지 않았고, 휘파람도 불지 않았다. 기쁨의 웃음은 의무감 때문에 억지웃음으로 변해 버렸다. 입맛도 사라졌다. 매일 저녁 아주 적은 양의 음식만 먹었다. 밤이 되면 나의 감정은 더욱 침울하고 혼란스러웠다. 침대에서 빠져나와 별을 보고 앉아 있다가, 새벽닭이 울고 난 다음에야 잠이 들곤 했다. 사소한 일에도 뭐라고 말할 수 없는 분노와 짜증이 일었다. 때로는 사창가에까지 가서 먹고, 마시고, 흥청댔다. 그런데는 항상 친구들과 함께 갔다. 시장에 가려고 아침 일찍 일어나는 일도 싫었다. 바다에 나가는 일도 없었기 때문에 일찍 일어날 필요도 없었다. 식구들의 얼굴을 보기도 싫었고, 말도 하기 싫었으며, 어떠한 비난에도 입을 다물고만 있었다. 그나마 저녁은 조금 먹었는데, 그마저도 거르는 일이 자주 있었다.

따르씨지우나 만나는 것이 낫겠다 싶어서 그의 집으로 찾아갔다.

"여자친구를 만나기로 해서 너하고 같이 있을 수가 없어."

"그래, 알았어."

"제제, 정말이야? 너, 정말 겁이 나서 1,500미터 시합에 나가지 않겠다고 한 거야?"

"아냐, 네가 내 진정한 친구라면 그 말을 믿지 말아 줘."

빌어먹을, 그래 좋다. 개떡 같은 놈들! 그날 밤 병원에서 더는 울지 않겠다고 결심했었다. 그런데 나는 다시 훌쩍거리고 있었다.

"왜 그래? 무슨 일 있어?"

"아냐, 아무것도."

"너, 참 이상해졌구나!"

"별것 아니라니까. 어서 여자친구나 만나러 가 봐."

따르씨지우는 거울 앞에서 넥타이를 만지며 옷매무새를 다듬었다. 나는 가볍게 그의 등을 두드려 주고는 곧 나와 버렸다.

6. 방랑자

나만의 비밀 장소에 숨겨 놓은 서랍을 온통 휘저어 보았다. 사진 한 장이 내 손에 잡혔다. 보물과도 같은 그 서랍 안에는 나의 모든 죄악이 숨겨 있는 것 같았다. 찾아낸 사진 속에서 내 어린 시절의 기억들이 떠올랐다. 억제할 수 없어서 미친 듯이 행했던 일들이 신비롭게 내 머릿속에 그려졌다. 나의 시선이 내 모든 비밀을 간직한 사포딜라로 갔다. 거기에는 쇠줄을 얽어맨 깡통들이 흔들거리고 있었다. 자유로웠던 순간들……. 나는 모두들 잠든 한밤중에 뒤뜰로 나가 담을 따라 뛰어다니며 사포딜라 가지로 뛰어오르곤 했다. 그러나 지금은 아무것도 없다. 그때는 모든 것이 다 나의 것이었는데……. 오직 차가운 밤공기의 속삭임만이 나를 흔들어대고 있을 뿐이다.

어렸을 때, 나는 보물창고에 모아 두려고 눈에 띄는 것은 무엇이든지 훔치곤 했다. 그래서 하녀들의 투덜거리는 소리를 들을 때도 있었다.

'아니, 옷 거는 집게가 분명 열두 개였는데 일곱 개밖에 안 남았잖아. 이거 귀신이 곡할 노릇이군.'

그런 소리를 듣고 속으로 낄낄거리면서도 그것들이 모두 내 보물창고인 서랍 속에 간직되어 있다고 이야기하고 싶었다. 낡은 면도날, 자루 없는 칼, 각종 쇠붙이, 송곳. 끝이 뾰족한 것이면 무엇이든 긁어모아 서랍에 보관해 두었다. 내가 아마존의 밀림으로 도망가 어떤 종족의 백인 추장이 될 때를 대비해서 그런 것들을 아버지의 도구상자에서 훔쳐 냈다. 그리고 그것으로 내가 알고 있는 모든 백인들을 찔러 죽이겠다고 생각했다.

나는 두고두고 그런 생각을 했다. 백인들 전부는 아니지. 따르씨지우는 안 돼. 아이스크림같이 약하고 착한 따르씨지우는 안 돼. 그러나 누나는 나의 첫 번째 표적이었다. 제일 먼저 본때를 보여 줘야지. 그러면 집에 대한 애정이니 뭐니 하며 지껄여대는 누나의 매일 똑같은 잔소리를 듣지 않을 테니까. 그런데 아버지는 어쩌지? 아버지가 문제였다. 아버지가 나를 좋아하지 않았지만 아버지에게 해로운 일을 할 수는 없었다. 그 문제로 골치가 아파서 사포딜라에게 물어보았다. 왜 아버지는 내게 그렇게 무관심하냐고. 나를 냉대한다거나 언성을 높이지는 않았지만 말이다. 나는 존재한다고! 이제 나도 어엿한 어른이 되어 가고, 다른 모든 사람들이 공부 잘하고 상상력도 풍부한 아이라고 칭찬을 하는데, 왜 유독 아버지만 나를 인정해 주지 않는 걸까? 아버지가 잠자리에 들기 전에 나에게 해주는 잘 자라는 말도 차갑고 기계적인 말투가 아닌가. 내가 피아노 치기를 싫어해서 그러는 걸까? 아마 그럴지도 몰라. 악보에 매달려 딩동댕 딩동댕 건반을 두드리는 일은 손에 물집이 생기거나 굳은살이 박일 정도로 몇 시간씩 계속되었다. 만일 집안 식구들이 내가 나무 타기를 하는 바람에 발바닥에 티눈이 생기고 손마디가 딱딱해진 것을 알았다면, 지옥불이 튀듯 난리가 났을 것이다. 틀림없이 그랬을 것이다. 그러니 나는 인디오 추장이 되어야 했다. 내 종족과 함께 있는 편이 더 나으니까. 그 후 쎄아라 지방을 정복하고 뻬르남부꾸 지방을 지나갈 것이다. 그 전에 음모를 꾸며 누나에게 전보를 치는 거야. 누나가 전보를 받고서 모쑤로에까지 가면, 그녀를 함정에 빠뜨려 사로잡아서는 돼지기름과 함께 바글바글 끓는 물 속으로 처넣어 버려야지…….

그러나 지금은 모든 것이 사라져 버렸다. 시간은 아무것도 이룬 것 없이 마냥 흘러갔고, 내 손에는 지난번 사육제 무도회에서 해군 복장을 하고 있던 씰비아의 사진만 남아 그녀와의 추억을 떠올리게 해줄 뿐이다.

그날 이후로 나는 그녀를 만날 수가 없었다. 오히려 내가 그녀를 피했다고 하는 것이 더 정확한 표현일 것이다. 나는 나 자신에 대한 증오심으로 가득 차 있었다. 그리고 그것은 조금씩 나를 파멸시키고 있었다. 그 모든 것 때문에 내 안에서는 더 살고 싶은 의욕이 도무지 일어나지 않았다.

나는 잘 먹지도 않았고, 바닷가에 나가지도 않았으며, 식탁에서 아버지의 얼굴을 제대로 쳐다보지도 않았다. 가끔 나딸 시에서 사라져 쁜따 네그라 해변을 산책하다가 밤이 깊어진 뒤에야 돌아오곤 했다. 햇빛은 얼마나 붉고 뜨거웠던지 살갗이 벌겋게 타 있었다. 집으로 돌아와서는 간단하게 요기만 하고 잠을 잤다. 배에서 하는 일에도 싫증이 나기 시작했다. 컨테이너의 화물 검수 작업도 잊어버렸다. 매일 밤 부두에서 담배를 피워 물고 선창을 바라보며, 왜 나는 나딸을 떠나지 못하는가에 대해 생각했다. 언젠가 아버지가 나에게 했던 말이 생각난다. '나딸은 너무 작은 곳이지. 너는 좀 더 넓은 세상을 원하고 있잖니.' 그건 사실이 아닌가!

아래층에서 나를 부르는 소리가 들렸다.

"아라라꾸아라 호가 항구에 들어와서 네가 필요하다는 전화가 왔다."

"안 갈래요."

나는 밖으로 나와 거리를 서성거렸다. 하수처리장 입

구에서 따르씨지우를 기다렸다. 그가 나오자 염치없이 그에게 부탁을 했다.

"따르씨지우, 2천 헤이스만 빌려 줘. 난 지금 완전히 빈털터리야."

우리는 함께 걸었다. 나는 나의 모든 고민을 이 진실한 친구에게 털어놓고 싶었다. 마른침을 꿀꺽 삼키고 나서 입을 열었다. 그렇게 모든 것을 친구에게 털어놓고 나니 마음이 한결 가벼워졌다.

"그럼 너희들 연애는 끝장 난 거니?"

"꼭 그렇다고 할 수만은 없어."

이런 빌어먹을! 답답하고 괴로운 심정에 우리가 걷고 있는 길의 보도블록을 깨뜨려 버리고 싶다는 충동이 치밀었다.

"씰비아는 요즈음 크냅 씨의 아들 밥하고 연애를 하고 있더군. 아주 푸른 눈을 가진 날씬한 녀석 말이야."

"나도 알고 있어."

나는 밥을 좋아하고 있었는데, 그 순간에는 내 방 벽에 장식으로 걸어 둔 녀석의 사진이라도 한 대 갈겨 버리고 싶었다.

사진을 다시 잘 집어넣고 서랍을 잠갔다. 거울에 비친 내 얼굴을 유심히 들여다보았다. 맙소사! 수염이 수북한 내 얼굴은 바로 살인자의 얼굴이었다. 그러나 결코 그런 못된 짓은 하지 않았다. 여자라도 요즘의 나처럼만 생활한다면, 몰골이 흉하게 변할 것이다.

아직은 인생을 더 살아야 한다. 하지만 얼마나? 나는 건강하니까 앞으로 50년은 충분히 더 살 수 있을 것이다. 좋아! 그 기간 동안 결코 다른 여자들에게 눈을 돌리지는 않겠다. 만일 내가 씰비아와 결혼을 해 그때까지 함께 살면서 다른 여자에게 눈을 돌린다면, 그녀 역시 매일같이 바가지를 긁거나 손톱 날을 세워 할퀴어댈지도 모른다. 밥 크냅, 그 녀석……. 허여멀겋고 별 볼일 없는 녀석 같으니라고. 그런 녀석 때문에 내가 이렇게 속상해하다니……. 에이, 으악! 나는 떠날 것이다. 기필코 언젠가는 어디론가 떠나고야 말 것이다.

뻬뜨로뽈리스 다리의 난간에 앉아 파도가 하얀 거품처럼 해변에 부서지는 푸르고 넓은 바다를 바라보고 있었다. 거센 바람이 내 얼굴을 때리며 머리카락을 헝클어놓았다. 저 멀리 작은 어선들이 오후를 밀어내듯 돛을

펄럭이며 헤징냐 해변으로 들어오는 것이 보였다. 먼 바다 한복판에는 마카오의 소금을 가득 싣고 뻬르남부꾸로 떠나는 배가 파도에 크게 흔들리며 돛대 꼭대기에까지 바닷물을 뒤집어쓰는 것도 보였다. 바닷가의 밤은 분주하지 않았고, 인적도 없었다. 그저 묵묵한 영혼이 쉬기에 가장 좋은 시간을 주는 듯하였다. 그 모든 풍경이 너무도 평온해 보였다.

다리 난간 가로등에 하나 둘씩 불이 밝혀지기 시작했고, 별들도 차츰 하늘 높이 그 모습을 드러내고 있었다. 잠만 자고 있던 육신이 어떤 움직임을 보여 주라고 불평을 터뜨리는 것 같았다. 나는 다리에서 일어나, 평온한 바다에서 험한 인간 세상으로 지친 발걸음을 옮기기 시작했다. 집으로 가서 저녁을 먹을까? 아냐, 가지 말자. 차라리 길거리에서 옥수수 팬케이크나 사 먹는 것이 나을 것 같았다.

왜 내 마음속의 작은 악마는 우울해지기만 하면 사람들이 붐비기 전의 광장을 찾아가고 싶어하는 것일까? 그 넓은 광장에는 모자이크로 장식된 거리와 아직 꽃이 피지 않은 장미나무와 구부러져서 잘 자라지 않은 무화과나무가 있었다.

그때 한 친구가 지나갔다.

"제제, 오늘 여기서 농구시합이 있는 거 아니?"

"누구하고?"

"스뽀르찌 클럽하고 브라질 은행."

"그래? 재미있겠다. 그런데 너 담배 있니?"

"뜨로까데루야. 그렇게 좋은 건 아닌데, 피울래?"

"아무렴 어때? 이것저것 가릴 때가 아니야. 괜찮아."

담배를 피워 물었다. 나는 다시 혼자가 되어 슬픔을 달랬다.

광장 저쪽에서 한 처녀가 아이를 데리고 지나가는 것이 보였다. 아니, 이럴 수가! 갑자기 가슴이 요란하게 뛰기 시작했다. 바로 그녀였다. 아니, 아닌가? 내가 환상을 보고 있는 것이 아닌가 하는 생각이 들었다. 나는 초조한 마음에 손가락 마디를 꺾어 딱딱 소리를 내어 보았다. 아냐, 그녀가 아냐, 아니라고. 그녀를 따라가고 있는 소녀가 그녀의 여동생이라 하기에는 너무 컸다. 그런데 걷는 모습이 어쩌면 저렇게 똑같을 수 있을까! 만일 정말 그녀라면, 아니, 그럴 리가 없겠지만……. 그녀가 다가오고 있었다. 거의 다 왔다. 드디어 눈이 마주친 우리는 마치 머리 위에 석회를 뒤집어쓴 듯 넋을 잃고 그 자리에 서 있었다. 하지만 좋아. 이미 그녀와의 사이는 끝장나 버리지 않았던가. 그리고 나는 여자 꽁무니를 따라다니는 짓따위는 하지 않겠다고 결심하지 않았던가. 아무리 파란 눈과 우윳빛의 고운 피부를 가진 영국 여자애라도 말이다.

그녀는 바로 씰비아였다. 씰비아는 혼자였다. 정말이지 난 씰비아에게 가까이 가고 싶지 않았다. 그런데 어느새, 어떻게 해야겠다는 생각도 없이, 내가 떠밀리다시피 그녀 앞에 서게 되었다. 그녀는 나를 보고 보조개를 지으며 웃었다. 씰비아와 나는 악수를 나누지도 않았다.

"잘 있었어?"

"응, 잘 지내고 있어. 너는?"

"나도."

"아버지는 어떠시니?"

"많이 좋아지셨어."

"다행이구나."

"여기, 광장에서 혼자 뭐하는 거야?"

"너도 알다시피 난 자유로운 여자잖아!"
씰비아는 머리를 한 갈래로 땋아 내려뜨리고 있었다.
"나는 자유롭게 풀어헤친 네 머리가 더 좋더라."
"아직도 그래? 모양을 바꿔 본 거야."
씰비아의 말투에는 나를 아프게 하는 무관심이 가득 담겨 있었다.
"너, 요즈음 밥 크냅과 연애 중이라며?"
"옛사랑이 다시 시작된 거지, 뭐. 오늘 여기서 열리는 농구시합을 같이 보려고 기다리는 중이야. 너는 어느 팀이 이길 거라고 생각하니?"
알 수 없는 증오가 치밀어 입술을 깨물며 말했다.
"스뽀르찌 클럽."
"그래? 나도 그렇게 생각해."
그러다가 우리는 땅만 내려다보며 아주 천천히 걸었다. 더 정확히 말하자면, 마치 땅바닥에 아교를 칠한 듯 느릿느릿 걸었다. 씰비아가 웃음 지으며 말했다.
"이제 그만 가 봐야겠어. 밥이 올 시간이 다 됐거든."
씰비아가 내게서 두어 발자국쯤 멀어졌을 때 내가 성큼 뛰어 그녀의 팔을 잡았다.

"잠깐만 기다려 봐. 물어볼 것이 있어. 너, 밥을 위해서 그런 머리모양을 한 거야?"

"적어도 너를 위해서 이렇게 한 건 아니지."

"밥이랑 사귀려는 거야? 너, 정신이 있어?"

"왜, 그러면 안 되니?"

"왜냐고? 내가 싫어서 그래."

나는 그녀의 손을 난폭하게 잡아끌었다. 그리고 광장을 가로질러 무화과나무 그늘 밑으로 데려갔다. 씰비아를 내 품에 안고서 한 번, 두 번……, 아니, 천 번도 더 입을 맞췄다. 내 몸이 불꽃처럼 활활 타오르는 것 같았다. 가슴이 벅차 감격의 눈물이 넘쳐흐를 것만 같았다.

"음, 음……."

"내 사랑! 너는 어느 누구의 것도 아니지? 그렇지?"

그녀의 촉촉이 젖은 입술 사이에서 대답이 신음처럼 맴돌았다.

"머리가 다 망가졌잖아."

"그게 무슨 상관이야!"

"아버지는? 넌 아버지와 약속을 했다며?"

"난 널 사랑해, 나의 사랑! 요즈음 난 죽을 것만 같았어. 이제 어느 누구도 우리를 더는 갈라놓지 못해. 하느님도, 악마도······."

"그렇게 말하지 마. 무섭단 말이야."

우리는 아무 말도 하지 않았다. 내가 두 팔로 씰비아를 꼭 껴안고 그녀의 머리를 부드럽게 쓰다듬었다.

"너, 정말 밥을 위해 이런 거니? 넌 그 애를 좋아하지 않잖아. 밥을 좋아해?"

"밥은 그냥 친구야. 나는 네가 다시 내게 돌아올 줄 알았어."

"내가 광장에 있다는 걸 어떻게 알았지?"

"네가 언제나 말했잖아. 마음이 울적할 때마다 사람들이 붐비기 전에 이 광장에 와 앉곤 한다고. 기억나?"

씰비아의 얼굴은 더욱 홍조를 띠었다. 옛 모습이 여전했다.

"응, 그래."

"이제 다시는 나를 버리지 마."

"너도. 너도 그래야 돼!"

"나 사랑해?"

부드럽고 촉촉한 입맞춤이 오랫동안 뜨겁게 계속되었

다.

"사랑해……. 너도?"

우리는 잠시도 쉬지 않고, 끊임없이 서로의 입술을 요구했다. 아버지, 어머니, 별, 세상 사람들, 우주, 지구, 하느님……. 그 누구도, 그 무엇도 지금 우리에게는 존재하지 않았다.

이 세상 어느 누구도 이렇게 큰 죄를 저지르지는 못할 것이다. 산적 떼들이 사람들을 죽이거나 사람을 말에 매달아 끌고 다니는 것도 이만큼의 죄악에는 미치지 못할 것 같았다. 또 납치범들이 어린애를 납치하는 것도 그 나름대로 진지한 의미가 있는 것 같았다. 그러나 지금 내 경우는 산적 떼나 납치범들의 극심한 타락, 그 자체와 비슷한 것인지도 모르겠다.

씰비아 집과 우리 집, 양쪽 집안 사이에 적개심이 생겼다. 그런 분위기에서는 그게 당연한 것인지도 모른다. 그녀의 집에서는 큰오빠가 마치 사나운 사냥개처럼 그녀의 행동을 감시했다. 우리 집에서는 어느 날 식사 시간에 누나가 우리의 새로운 연애 소식을 신나게 떠벌여 댐으로써 문제가 터져 버렸다.

"어제 히베이라에서 그 계집애가 속옷도 입지 않고 걸어다니는 걸 봤어요. 내가 봤다니까요. 내가 레띠찌시아 쎄르께이라 여사의 떼레자 상점에 있다가 이 두 눈으로 똑똑히 봤다고요."

"그걸 어떻게 봤어?"

"바람이 세게 불었거든요."

씰비아와 나는 마치 죄라도 지은 것처럼 사람들의 시선을 피할 수 있는 으슥한 곳이나 그늘진 곳, 외딴 곳만을 찾아 다녔다. 그럼에도 불구하고 우리를 향한 사람들의 모함은 우리를 더욱 곤경에 빠뜨렸다.

"세상 모든 사람들이 역겹다고 해요. 아이, 불결해!"

어느 날 밤 씰비아가 잔뜩 겁에 질린 얼굴로 나를 찾아와서는, 걱정으로 가득 찬 그녀의 아버지가 내 아버지를 만나 나눈 얘기를 전해 주었다.

"안 되겠어요. 그 녀석들을 갈라놓아야겠어요."

"어떻게 하면 좋겠습니까?"

"내 아들 녀석을 어디든 멀리 보내 버릴 생각을 하고 있습니다만……."

"만일 그 녀석들이 함께 아라구아이아로 도망가 버리

면 어떡하죠?"

 씰비아가 겁에 질려 내 손을 꼭 잡으며 말했다.
 "이제 우리 어떡하지? 너 정말 아라구아이아로 도망 간다고 말했어?"
 "너무 괴로워서 그렇게 말한 적이 있어. 거짓말이야."
 "그럼 우리 도망가는 거야? 도망가는 거냐고?"
 "차라리 그랬으면 좋겠어. 그렇지만 어떻게, 뭘 가지고 도망을 가지? 내가 돈을 빌리거나 훔친다고 해도 마까이바까지 갈 차비의 반도 안 될 텐데."
 우리는 낙심한 채 가만히 부둥켜안고 있었다. 씰비아의 부드러운 손가락이 내 셔츠 속으로 들어와서는 8이라는 숫자를 그리고 있었다. 그럴 때마다 기분이 아주 좋았다.
 "왜 너는 매번 내 몸에다 8이라는 숫자를 쓰는 거야?"
 "네 몸에만 쓰는 것이 아냐. 내 몸에도 써. 하지만 네게 그럴 때가 제일 좋아. 신경질이 날 때 급하게 8자를 쓰는 버릇이 있어. 점점 느리게 쓰다 보면 조금씩 마음이 안정되거든."

"그래? 그럼 좋아. 그렇게 해서 효과가 있다면 나하고 800까지 써 보자. 나도 신경이 날카로워서 뭔가 폭발시키고 싶거든. 그러면 내 마음도 안정되겠지."

"몰라 몰라. 장난꾸러기같이."

집에서는 다시 한바탕 난리가 났다. 모두들 굳은 표정으로 한숨만 쉬고 있었다. 방랑자라는 말이 식구들을 화나게 한 것 같았다. 무엇보다 아버지의 침묵이 내 마음을 아프게 했다. 모든 것이 다 드러나서 전보다 화가 더 커졌다. 전처럼 아버지의 따뜻한 말도 들을 수 없었다. 가끔 식사 시간에 맞춰 들어오지 않는다고 야단을 맞았다. 이 세상에서 가장 순수한 동생만이 내 기분을 이해한다는 듯이 연민 어린 파란 눈을 반짝거리며 말없이 나를 바라보았다.

"아니, 9일 기도 후에, 빗속에서 웬 남녀가 키스를 하며 꼭 들러붙어 있었다나 어쨌다나!"

나는 누나의 빈정거림을 참을 수 없어서 소리치듯 내뱉었다.

"그게 우리였다, 왜?"

나는 식탁에서 또다시 폭풍우 같은 소란이 일어나기 전에 식사를 팽개치고 밖으로 나가려 했다.

"내가 떠나겠어요. 내가 가 버리면 되잖아요!"

아버지는 이걸 원하셨을 것이다. 식구 전부가, 아버지까지도 내가 떠나기를 원한다면 할 수 없는 일 아닌가. 내가 갈 수밖에!

집을 나와 부둣가 항무부에 들렀다.

"어이, 제제, 무슨 일이 있어?"

뽄씨아누 씨가 웃음을 띠며 말을 걸었다. 스포츠클럽 동료인 그와 함께 농구를 한 적이 몇 번 있었다.

"백전노장 뽄씨아누 씨, 그게 사실이에요?"

대답 대신 뽄씨아누 씨는 메르깐찌 선박회사에서 사람을 모집한다는 신문 광고를 보여 주었다.

"봐, 이거야. 우리가 광고를 너무 늦게 냈단 말이야."

뽄씨아누 씨가 큰 소리로 읽기 시작했다.

"경험자 우대. 항해사, 화물 검사원······."

"뽄씨아누 씨, 돈을 좀 많이 벌려면 어떤 일을 해야 될까요?"

"항해사는 전망이 있지. 진급이 되거든. 그리고 화물 검사원은 인정만 받으면 70만 헤이스 정도를 버는 모양이더라."

"그렇다면 나는 검사원을 해야겠어요. 이미 그 일에는 경험도 있으니까요."

"하지만 넌 여자 관계를 먼저 정리해야 할걸. 그래야 검사원을 하든지 말든지 할 거라고."

"그렇겠죠."

나는 조금 안심이 되었다. 그래, 돈을 벌자. 돈을 벌어서 씰비아를 데려가자.

"그런데 신체검사가 꽤나 까다로운 모양이야."

뽄씨아누 씨가 내 가슴을 툭 치며 다시 말했다.

"별 이상이야 있을라고······."

나는 아버지가 계신 진찰실로 향하는 계단을 올라갔다. 이 세상에서 아무도 나를 거들떠보지 않는다. 또 내 생각을 바꿔 놓지도 못할 것이다. 간호사가 진찰이 끝나면 아버지를 만날 수 있을 거라고 했다. 지루하게 기다리는 동안 많은 생각을 했다. 덥지 않았는데도 땀이 나는 것 같았다. 잠시 후에 어떤 할머니와 소녀가 진찰실에서 나오며 처방에 대해 꼬치꼬치 캐물었다. 아버지는 웃는 기색도 없이 나에게 들어오라고 손짓을 했다.

"앉아라."

아버지가 회전의자를 돌려 서랍이 달린 책상에 기대앉았다. 아버지는 반사작용 실험에 쓰는 작은 망치를 쥐고 있었다. 나는 그때 아버지의 예리한 눈을 처음으로 보는 것 같았다. 내가 머리를 긁던 손을 무릎 위에 내려놓고는 몸을 약간 앞으로 숙였다. 말이 나오지 않았다. 그렇게 한참 동안 있다가 머리를 들었다. 아버지도 말이 없었다. 그러고 있어 봐야 아무것도 안 될 것 같았다. 나는 결국 판단을 내리기로 했다. 최종 결정을 내려야 한다는 사실이 그 시간 내내 나를 괴롭혔다.

마침내 내가 주머니에서 신문지 조각을 꺼내 아버지 앞에 내밀었다.

"이거……."

아버지는 말없이 안경을 썼다. 나는 이미 알고 있는 결과를 직접 들어야 한다는 것에 흡사 울화와도 같은 묘한 슬픔이 치밀어 올랐다. 흐트러지는 모습을 보여서는 안 된다. 신문지 조각이 아버지의 책상 위에서 가볍게 떠는 것 같았다. 이제 아버지의 손에는 작은 망치 대신 안경이 들려 있었다.

"이 회사에 지원할 생각이에요. 그러면 제가 떠날 수 있을 거예요."

아버지의 차가운 눈이 나의 눈과 마주쳤다. 그는 내게 좋은 아버지였는데……. 내가 행복하게 멀리 떠날 수만 있다면 아버지가 좀 더 편해지겠지.

"넌 뭘 할 생각이냐?"

"화물 검사원을 하려고요."

"항해사가 더 전망 있지 않니?"

"화물 검사원이 처음에는 돈을 더 많이 받거든요."
"그럼 나중에는?"
"일생을 메르깐찌 선박회사에서 보낼 생각은 없어요."
"너는 벌써 입사 시험에 합격이라도 한 것처럼 말을 하는구나."
"합격할 거예요. 저를 그렇게 형편없는 녀석으로 취급하지 마세요."
"그런데 뭐가 필요해서 그러지? 돈이냐?"
"입사 원서 때문에 그래요. 빌려 주시면 나중에 갚을게요."

아버지가 조용히 웃으셨다. 아버지의 웃음을 보자 새로운 용기가 생겼다.

"우리가 왜 이렇게 서로 원수처럼 대해야 하는 거니?"
"아녜요, 아버지. 그런 게 아녜요. 아무도 나를 이해하려고 하지 않았을 뿐이에요."

나는 머리를 숙이고 눈물을 보이지 않으려고 애썼다. 그렇지만 쏟아지는 눈물을 어떻게 할 수가 없었다. 하마터면 아버지의 품에 달려들어 울음을 터뜨릴 뻔했다. 격해지는 감정을 억제하려고 애를 썼다. '아버지는 아시잖아요. 제가 그렇게밖에 약속할 수 없다는 것을요. 아버지는 저에게 그런 부탁을 하시지 말았어야 했다고요. 아버지, 지금 저는 숨이 막혀서 죽을 것만 같아요. 아버지보다 제가 더 아프게 죽어 가고 있단 말예요. 믿으실 수 있겠어요, 아버지?'

나는 자제했다. '나도 이제 어른이니까 참고 견디는 것도 필요해. 하지만 내가 지금 떠나지 않으면, 집에서 불화가 끊이지 않을 거야. 물러서지 마라, 제제!'

"얼마나 필요하니?"

"한 20만 헤이스 정도면 될 것 같아요."

아버지가 가운 아래에서 지갑을 꺼내 돈을 세기 시작했다.

"모자라는구나. 까이샤 이꼬노미꾸 은행 수표를 써 주마."

그 당시에 20만 헤이스는 사실 큰돈이었다. 안경을 고쳐 쓰고 수표를 쓰는 아버지의 모습을 멍하니 바라보았다. 나의 시선이 아버지의 어깨 너머로, 그의 머리 너머로 옮겨지고 있었다.

아버지가 웃으면서 수표를 건네주었다.

"여기 있다. 부디 좋은 여행이 되길 바란다, 마도로스!"

그제야 나는 아버지의 생각을 헤아릴 수 있었다. 아버지는 나에게 실망을 한 게 아니었다. 이미 그는 내가 스스로 해결책을 마련할 거라고 알고 있었던 것이다. 사실 아버지에게는 나를 어디로든 멀리 보내는 방법 외에 다른 해결책이 없었다. 그래서 아버지는 나에게 넓은 세상으로 나가는 문을 활짝 열어 주었던 것이다. 갑자기 겁이 났다. 이 세상은 너무나도 넓고, 많은 비밀이 있어서 우리 인간들이 그 모든 것을 알 수는 없다. 하지만 불쌍한 존재 하나를 받아들일 수 있는 곳이 어딘가에는 있을 것이다.

나는 천천히 수표를 집어서 지갑 속에 접어 넣었다. 고맙다는 말이, 마치 목소리를 바꾸려는 수탉처럼 괴상한 소리로, 겨우 입 밖으로 나왔다. 아버지가 문까지 나를 따라 나와서는 간호사에게 다음 환자를 들여보내라고 말했다. 그리고 문이 닫히기 전까지 줄곧, 멀어지는 나를 바라보며 웃음을 띠고 있었다. 나는 마치 자기 몸무게도 견디지 못하는 사람처럼 허둥지둥 층계를 뛰어 내려왔다. 그때 갑자기 기억 속에 깊이 잠들어 있었던 감동적인 말 한마디가 떠오르며 불꽃처럼 다시 반짝이기 시작했다.

"지리 과목은 미지의 세계로 방랑을 유혹하는 상상의 날개!"

나딸에서.

옮기고 나서

혼자일 때 느끼는 고독한 감정을 이겨 내는 일은 참으로 힘들다. 다른 사람으로부터 버림받아 그들 안으로 들어가지 못하고, 그들과 공유하지 못하고, 그들과 합치되지 못하는 슬픔은 치열한 고뇌를 통해서도 극복할 수 없다. 그래서 우리는, 우리가 살고 있는 이 사회에서 외로움과 고독만큼 가혹한 형벌은 없는 것 같다고 말한다. 우리를 외롭게 만드는 것도, 우리를 외로움에서 건지는 것도 바로 우리 자신일 것이다. 그러한 지나친 외로움에서 벗어나려는 간절한 욕망 때문에 우리가 "나도 누군가 나에게 관심을 가져 주는 사람이 있었으면 좋겠다."라고 처절한 몸부림을 치는 것이 아니겠는가!

주제 마우루 지 바스콘셀로스의 『광란자』가 어쩌면 그러한 내면의 고독으로부터 벗어나려는 저항과 방황을 그린 것인지도 모르겠다. 이별의 슬픔도, 만남의 기쁨도, 애정과 우정의 따스함도, 그 깊음의 정도가 별로 대단치 않고 그저 그런, 밋밋한 요즈음 세상. 그 속에서 살아가는 우리들이 느끼는 아픔을 이 책의 곳곳에서 확인할 수 있다.

　작가의 대표작이며 우리에게 아주 익숙한 『나의 라임오렌지나무』를 읽은 감성적인 독자들은 티 없이 맑고 순수한 '제제'라는 인물을 동경하며, 우리 가운데서 그 얼굴을 찾고 싶어할 것이다. 이와 함께 감수성 예민한 이 소년의 성숙한 미래에 대해 궁금해하며, 그가 교감하는 세상의 모든 모습에 좀 더 가깝게 다가가고 싶어할지도 모른다. 이 책이 『나의 라임오렌지나무』의 속편으로 그려지고는 있지만 짧은 분량 때문에 독자의 모든 궁금증에 대한 답을 제시할 수는 없을지도 모른다. 확실한 것은 라임오렌지나무를 떠난 '청년 제제'가 좀 더 성숙한 사고와 새로운 시각으로 바라보는 세상에 대한 고민과 불만을 간략하게나마 엿볼 수 있다는 점이다.

누구에게나 꿈같던 사춘기가 있다. 그 시절을 지나면서 이 세상에 유독 자신만이 혼자라는 생각을 한다. 또 기성세대와의 날카로운 대립과 충돌, 그로부터 벗어나려는 치열한 저항, 친구와의 따스한 우정, 첫사랑의 아련함과 아픔, 스스로 삶을 개척하기 위한 자신과의 싸움 속에서 외로움을 겪는다. 『광란자』에는 그 모든 미묘한 문제들이 잘 그려져 있다.

도대체 인생이란 무엇인가, 우리는 이 숨가쁜 삶을 어떻게 꾸려 나가야 하는가, 현실이라는 그림 속에 있는 모든 긴장을 우리는 어떻게 마주해야 하는가……. 이런 것들이 작가가 독자에게 던져 준 보이지 않는 질문일 수도 있다. 그러나 우리는 이미 그 답을 짐작하고 있다. '누구에게나 있음직한 미완의 경험'이 가져다 주는 절절한 몸부림을 통하여 작가의 생각을 공유할 수 있을 테니까.

작가 자신의 청년기 이야기와 실제 체험 등이 여과 없이 사실적으로 그려진 이 짧은 책에서, 우리는 작가와 동행하며, 메마른 인생을 살아가는 법에 대한 조언을 들을 수 있을 것이다. 누군가와 손잡고, 나누고, 함께하는 즐거움은 분명 넘어가고 싶은 유혹이 아니겠는가!

정녕 세월이 무수히 흐른 뒤, 우리는 우리의 찬란했던 젊은 시절을 어떤 모습, 어떤 색깔로 그릴 수 있을까? 아마 우리는 재촉 없이 느릿한 걸음으로 우리의 얼굴, 진정으로 인간적인 얼굴을 찾기 위해 진지하게 성찰하는 노력을 되풀이해야 그 그림을 완성할 수 있을 것이다. 어쩌면 '소년 제제'가 '청년 제제'로 변한 모습에서 우리의 얼굴을 찾을 수도 있을 것이다. 그동안 겹겹이 가려져 있던 세상의 미망들을 이제는 만지고, 느끼고 싶다는 욕구를 '청년 제제'를 통해 가질 수 있을 것이다. 그것이 바로 '제제의 얼굴'이 아닌 '나의 얼굴'로 세상을 만나겠다는 신념이기 때문이다.

나는 아주 오래 전에 이 책을 처음 번역했다. 그때는 브라질 유학을 막 준비하던 때라 원문의 적확한 의미를 완전하게 이해하지 못하였다. 그뿐 아니라 바스콘셀로스라는 작가와의 어줍은 만남에 무척 당황해서 그가 이 책을 쓴 의도를 정확하게 인식하지도 못했다. 당혹과 혼란 속에서 끝낸 당시의 번역을 보면 지금도 부끄러움을 감출 수 없다.

이 책을 다시 대하면서 무척 조심스럽게 바스콘셀로스를 아는 체 했다. 아니, 작가와 그의 분신이기도 한 '제제'와 모든 것을 함께 하며 그들이 되고자 했다. 내게 필요한 것이 있다면, 그건 가장 사소한 것도 나누는 절실한 동감과 감동이라고 격려하면서.

 그러나 지금 또다시 고백한다. 아직도 난 그들이 되기에는, 그들을 알기에는, 그들과 이 모든 활자에 동감하기에는 부족할 따름이라고.

 이 번역은 멜료라멘뚜스사의 2001년판을 원본으로 하였다. 재번역의 기쁨은 바스콘셀로스를 사랑하는 모든 독자들과 나누고 싶다. 또한 출간을 위해 애쓴 도서출판 동녘의 모든 가족들에게 이루 다 말할 수 없는 고마움을 전한다.

2003년 2월.

옮긴이 | 이광윤
한국외국어대학교 포르투갈어과와 동 대학교 대학원 중남미지역연구학과를 졸업하고 브라질 쌍빠울루 가톨릭대학교 (PUC-SP)에서 브라질 현대문학을 전공하였다.
현재 부산외국어대학교 포르투갈어과 교수로 있다.
저서로 『실용포어작문』(부산외국어대학교 출판부), 『실용포어』(김용재 공저, 부산외국어대학교 출판부), 『브라질 문학사』(박원복 공저, 부산외국어대학교 출판부), 『라틴 아메리카의 문학과 사회』(서성철·김창민 등 공저, 까치), 『중남미 정치·경제 주요 이슈』(임상래·남승환 공저, 부산외국어대학교 국제통상지역) 등이 있다.

그린이 | 김효진
한국예술종합학교 미술원을 졸업하였고
『나의 라임오렌지나무』 삽화 공모에 당선되었다.

나의 라임오렌지나무 3
광란자

초판 1쇄 펴낸날 1986년 12월 21일
2판 1쇄 펴낸날 2003년 3월 10일
2판 37쇄 펴낸날 2024년 8월 20일

지은이 J.M. 바스콘셀로스
옮긴이 이광윤
그린이 김효진
펴낸이 이건복
펴낸곳 도서출판 동녘

등록 제311-1980-01호 1980년 3월 25일
주소 (10881) 경기도 파주시 회동길 77-26
전화 영업 031-955-3000 편집 031-955-3005 **전송** 031-955-3009
홈페이지 www.dongnyok.com **전자우편** editor@dongnyok.com

ISBN 978-89-7297-557-1 (03890)

• 잘못 만들어진 책은 바꿔 드립니다.
• 책값은 뒤표지에 쓰여 있습니다.